Paixão, drogas e rock'n roll

DANIELA NIZIOTEK

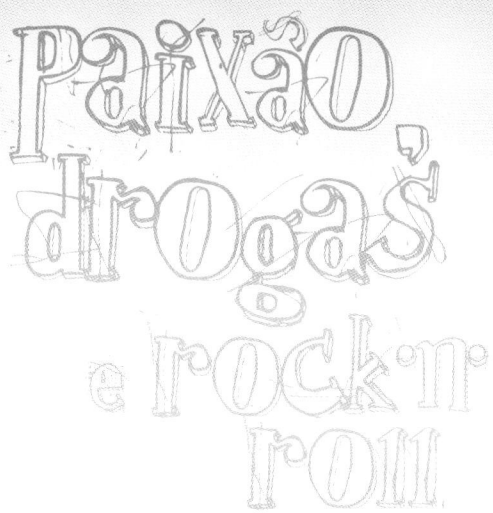

Paixão, drogas e rock'n'roll

Maquinária editora

Copyright © Daniela Niziotek, 2010

COORDENAÇÃO EDITORIAL
Paschoal Ambrósio Filho e Roberto Sander

PREPARAÇÃO DE TEXTO E PROJETO GRÁFICO
Adriana Giglio

CAPA
Mariane Esberard

REVISÃO
Cyntia Leandro

Proibida a reprodução total ou parcial deste conteúdo.
Todos os direitos desta edição reservados à
Maquinária Editora
Rua Olegarinha, 47 – Grajaú
Rio de Janeiro, RJ – CEP: 20560-200
www.maquinariaeditora.com.br

CIP-BRASIL. CATALOGAÇÃO NA FONTE
SINDICATO NACIONAL DOS EDITORES DE LIVROS, RJ

N658p

Niziotek, Daniela, 1975-
Paixão, drogas e rock'n'roll / Daniela Niziotek. – Rio de Janeiro: Maquinária, 2010.
192p.

ISBN 978-85-62063-21-3

1. Ficção brasileira. I. Título.

10-2482.		CDD: 869.93
		CDU: 821.134.3(81)-3
27.05.10	04.06.10	019420

Este livro é dedicado ao meu marido, por me apoiar incondicionalmente, me amar com generosidade e me fazer imensamente *feliz.*

Agradecimentos

Aos que me inspiraram na arte e na vida, todo o meu amor e gratidão.
Agradeço à minha avó, por ter me ensinado a amar incondicionalmente e com tanta generosidade;
À minha mãe, por me amar, apoiar, acreditar e se orgulhar de mim. E por ser minha melhor amiga;
Ao meu pai, por me permitir ser livre;
A todos os meus eternos amigos, que mesmo ausentes no dia a dia estarão sempre presentes em meu coração.
Sem vocês esta e outras histórias (mais divertidas) não seriam possíveis.

Sinceramente, obrigada!

Sumário

Prólogo 11
Ponte aérea 15
O encontro 21
Universidade 34
Amor e sexo 43
Inferno na cidade dos anjos 60
Revelações 71
Amigos 81
Vídeos e trabalho 98
Reencontro 109
Turnê 116
Bastidores 134
Mais um álbum 150
O último ano do resto de suas vidas 167
Posfácio 184

Prólogo

Fim de mais um show do Fears, uma das maiores bandas de hard rock do início da década de noventa.

A ascensão da banda era realmente surpreendente, ela conseguiu conquistar as paradas de sucesso do mundo todo já com o primeiro álbum, passando subitamente do anonimato à fama. Em menos de um ano, seus integrantes trocaram seus quartos alugados na periferia de Los Angeles por ostentosas propriedades em Beverly Hills e tornaram-se líderes do gênero musical mais ouvido da época.

Todos os membros da banda estavam excitadíssimos com a nova turnê que teve início em seu país de origem, os Estados Unidos. Era especialmente confortável tocar em casa após alguns meses afastados dos palcos pelo uso abusivo de drogas e álcool.

Pressionado pela gravadora e pelos empresários, Brian Blue, vocalista e líder da banda, internou-se em uma clínica de desintoxicação e forçou os outros integrantes a fazerem o mesmo. O primeiro show com o novo repertório, que começava a ser gravado sem aditivos químicos, foi um sucesso.

Ao final da apresentação, estranhamente aborrecido, Brian deixou o estádio sem falar com ninguém e encontrou-se com Joseph no Bar One, um bar privê frequentado por personalidades de Hollywood.

Joseph também era vocalista de uma grande banda de hard rock, chamada Orange. Como o Orange fazia a abertura dos shows do Fears, Brian e Joseph acabaram se aproximando.

Pediram duas doses de uísque. Beberam e conversaram por algum tempo sobre banalidades, e, já na terceira dose, Brian passou a falar de Annie, a mulher com quem havia recentemente se casado, após oito anos de relacionamento.

Ele a encontrou em uma época em que ele fazia qualquer coisa por um pouco de dinheiro, heroína e a possibilidade de cantar. Passaram juntos por momentos de miséria até o sucesso do Fears, e, no momento em que supostamente tinham conseguido tudo com o que haviam sonhado, seus objetivos de vida divergiram; Brian queria construir uma família e ter um pouco de paz, Annie insistia em sua dependência química.

Naquela noite, Joseph levou Brian para casa e passou a frequentar assiduamente o apartamento do casal.

Após as apresentações do Orange, o Fears ainda tocava por mais duas horas. Enquanto Brian se apresentava, Joseph ia até sua casa, evitando assim que Annie permanecesse sozinha e encontrasse tempo para o uso de drogas.

Brian sabia que os shows em Los Angeles terminariam logo e que seria preciso voltar a excursionar para promover o futuro lançamento da banda. Sabia que teria que encontrar uma solução para a dependência química da esposa enquanto estivesse fora.

Deixou o estúdio de gravação mais cedo naquela tarde, queria voltar logo para casa, encontrar Annie e discutir a possibilidade de interná-la em uma clínica de desintoxicação. Havia cortado todo dinheiro dela numa tentativa de impedi-la de comprar heroína, mas, de alguma forma, ela continuava arrumando dinheiro para as drogas. A conversa que teriam seria difícil, ele não sabia se esta era a melhor escolha, mas estava disposto a tentar tudo que fosse possível para salvar seu casamento.

Chegou a casa quase satisfeito com sua decisão, procurou Annie por todas as partes do apartamento. Estranhamente, todos os empregados haviam sido dispensados. Brian encontrou dois copos de uísque em cima do piano. Música alta vinha da parte superior do duplex; nas escadas, encontrou uma seringa, correu para o quarto e teve a maior decepção dos últimos anos: surpreendeu sua mulher vendendo o corpo a Joseph em troca de heroína. Por alguns instantes, drogados e envolvidos pela música, os dois nem notaram a presença de Brian, que ficou ali parado, sentindo seu estômago embrulhar com a cena inundada pelo cheiro de droga, sangue e secreções.

Saiu enfurecido e dirigiu por algumas horas sem destino e em alta velocidade. Bateu o carro num cruzamento e o abandonou sem prestar muita atenção à cena que havia criado. Entrou no primeiro bar que encontrou e começou a beber.

Não demorou muito para ser reconhecido por um grupo de jovens que se encontrava próximo ao balcão. Uma das garotas do grupo foi em direção a Brian, que energicamente a empurrou, machucando-a sensivelmente. Um dos garotos pulou para cima do vocalista, que, tomado pela ira, o arremessou longe.

Ricardo, um brasileiro que tentava ganhar a vida como garçom em Los Angeles, percebeu que, se não agisse rápido, um quebra-quebra se instalaria no bar. Conhecendo a aversão pública de Brian à imprensa, pensou que talvez ganhasse algum dinheiro como recompensa se conseguisse poupá-lo daquele escândalo. Estava com sorte, era a noite de folga do gerente. Arrastou Brian para o depósito do bar e o trancou enquanto providenciava socorro aos garotos. Quando a polícia chegou, Ricardo informou que tudo não passava de uma briga de adolescentes. Quando perguntado sobre Brian Blue, disse que ele nunca estivera no bar e que os meninos tinham, possivelmente, bebido demais. Com algum dinheiro que pegou do caixa, tornou sua história mais convincente. Os policiais cuidaram do carro abandonado com discrição.

Encontrou Brian bêbado, chorando exaustivamente, sentado em um canto do depósito. Sem saber o que fazer ou para onde ir, Ricardo decidiu levá-lo ao quarto que tinha alugado em Venice Beach.

No dia seguinte, Brian lembrava-se vagamente do que havia acontecido no bar. Pediu desculpas e disse que pagaria pelo estrago que ocasionou. Estava deixando o quarto quando se voltou para Ricardo e pediu algo para beber. Ricardo hesitou, mas abriu uma cerveja. Brian sentou-se no chão, contou para Ricardo o que havia acontecido na noite anterior e disse que não tinha para onde ir. Ricardo ajudou-o a encontrar um hotel discreto para ele ficar até comprar uma nova casa em Beverly Hills. Brian transferiu a amizade que sentia por Joseph para o brasileiro e arrumou-lhe um emprego como seu assistente pessoal.

♪♪♪♪♪♪

Brian entregou-se de corpo e alma ao trabalho, e nem os integrantes da banda entendiam o porquê daquela separação repentina que foi amplamente explorada pela imprensa.

Ainda muito transtornado pelo fim do casamento e pela sua repercussão na mídia, tornava-se cada vez mais introspectivo e agressivo.

Por questões contratuais e para evitar um escândalo ainda maior, se via obrigado a tocar com Joseph todas as noites. Bebia antes e depois dos shows, quando ficava sozinho no *backstage*.

Em uma dessas noites, Brian bebia em um canto do camarim e Joseph conversava com James, guitarrista do Fears. Quando James saiu, Joseph ia embora, mas foi interrompido por Brian.

– Oi, Joseph, vamos falar! Bons amigos devem beber juntos às vezes – disse, oferecendo um copo de vodca a ele. – Eu tenho algumas das coisas que você quer, Joseph, você não precisava se envolver com minha mulher, eu posso lhe dar tudo o que você precisa. O que você quer Joseph? Uma boa picada? Eu tenho uma aqui, para situações como esta, uma excelente picada para comemorar a excelente trepada que você teve com Annie.

– Brian, você bebeu demais...

– Cale-se, seu filho da puta! Tome aqui o que você procura.

Joseph, por alguma razão, aceitou a seringa e, depois de certa hesitação, ofereceu-a a Brian, que se picou logo em seguida.

– Como foi a trepada com minha mulher? Foi bom? O que você fez para ela preferir você a mim!? Eu trepo como ninguém! Eu vou mostrar a você, eu vou foder você.

Tudo não durou mais de quinze minutos, no final da cena de sexo e violência, Brian expulsou Joseph do camarim.

– Fique longe de mim e de tudo o que me cerca, bem longe!

Depois de algumas horas, Brian tremia e suava como um louco. Fazia algum tempo que não usava heroína, sentia-se muito mal, e as lembranças do que tinha feito o atormentavam. Tomou banho em uma tentativa desesperada de se livrar do nojo que sentia de si mesmo. Perturbado pelos últimos acontecimentos, voltou a usar cocaína com regularidade, estava cada vez mais introspectivo, mais morto por dentro.

A banda estava gravando, mas era raro ver Brian pelo estúdio; quando decidia gravar, assustava a todos com seu mau humor e quebra-quebra.

A imagem que Brian vendia era muito bem assimilada, um louco inconsequente que tinha tempo para cheirar entre uma apresentação e outra. Nada muito grave para um roqueiro. Tudo isso só fazia crescer o interesse dos adolescentes de todo o mundo pela banda. A juventude daquele tempo já estava cansada do rock bem-comportado da época e se encantava pela transgressão do Fears e por Brian.

Era clara a intenção de viver intensamente e ser imortalizado pela arte.

Ponte aérea

Vitória estava entusiasmadíssima com seu primeiro ano na faculdade. Aos dezoito anos, era a primeira vez que moraria fora de sua cidade natal no interior paulista.

Teve muita sorte de conhecer Carol no cursinho em Campinas. Nem acreditou quando soube que ela também havia conseguido entrar na USP. Carol faria publicidade e Vicky, filosofia. Logo decidiram que se juntassem as mesadas poderiam alugar um pequeno apartamento próximo à universidade, o que evitaria que tivessem que viajar todos os dias. O ano letivo só começaria em fevereiro, mas as garotas começaram a mudança já em janeiro, tamanha a empolgação.

Era engraçado que tivessem ficado tão amigas. Carol também tinha dezoito anos, era loira e a característica mais marcante de seu rosto era a de seus grandes olhos vorazes, um desejo de explorar o maior número de coisas possível para em seguida passar a outras. Vicky era morena, de feições delicadas e harmonia nos traços, tinha um olhar denso e poucos interesses genuínos. Em comum, tinham o entusiasmo pela vida típico dos adolescentes. Desde o início, aprenderam a respeitar as diferenças e divertiam-se incrivelmente juntas.

O sol já estava se pondo em São Paulo, e as garotas ainda estavam às voltas com as caixas da mudança. Tiveram que pedir pizza, algo possível de se comer com a mão, já que não faziam ideia de qual das caixas continha os utensílios de cozinha. Por sorte, o telefone já havia sido instalado. A campainha tocou e Vicky foi atender.

– Carol, você sabe se tem algo errado com o interfone? A pizza chegou, mas não interfonaram – perguntou enquanto abria a porta.

– Por favor, a Carol?

— Carol? Acho que não é a pizza!

Ao ouvir a voz que vinha da entrada, Carol, que estava arrumando as coisas no quarto, correu para recepcionar o rapaz parado no corredor.

— Ricardo! Eu não acredito! Quanto tempo! Que surpresa, Rica! Vicky, esse é o Ricardo, meu irmão mais velho, aquele que eu disse que morava fora, lembra? Eu não acredito! Olha pra você! Tem o quê? Dois anos que não o vejo! E você engordou com toda a porcaria americana que anda comendo!

— Prazer, Ricardo, seja bem-vindo ao nosso caos – disse Vicky recebendo a pizza que acabava de chegar. – Bem, parece que vai continuar a comer porcaria por aqui.

— Ao que parece, vocês estão bem ajeitadas – ele respondeu irônico. – Parabéns pela faculdade, Carol! É realmente fantástico!

— Me conta, maninho, quando chegou e por que não avisou? Eu nem acredito que estou vendo você!

— Cheguei no início da semana, mas fui para Campinas visitar a mamãe. Eu queria fazer uma surpresa. Aconteceram coisas incríveis para mim também! Você não imagina que eu estou no Brasil a trabalho! Na verdade, passei aqui só para ver você e devo pegar a ponte aérea ainda hoje.

— Que bacana – disse Vicky –, e o que você faz?

— Ele é garçom! Qual é, Ricardo, veio para o encontro internacional dos garçons? – riu Carol.

— Eu era, Carol, meses atrás, quando foi a última vez que nos falamos, agora faço algo totalmente diferente, mas é segredo. Vamos sair que eu conto a você.

— Qual é, Rica!? A Vicky é a minha mais nova melhor amiga, somos quase irmãs, e, além do mais, ela é a pessoa mais sossegada que você pode conhecer, deixa de frescura e fala logo.

— Ok, eu sou babá.

— Babá? – todos riram.

— Vão rindo, riam até saber de quem eu me tornei babá.

— Ok, gênio, conta para sua irmã. De quem você se tornou babá?

— Ninguém mais, ninguém menos do que Brian Blue – disse casualmente enquanto mordia um pedaço de pizza.

Carol engasgou com o refrigerante que tomava. Notando um certo frenesi no ar, Vicky perguntou curiosa:

— Quem é Brian Blue?

— Ela tá brincando, né? – perguntou sinceramente Ricardo.

— Não – respondeu Carol com os olhos arregalados e tentando se recuperar do engasgo. – Vicky, depois eu explico. Fica quieta que isso é sério. Ricardo, pelo amor de Deus! Que história é essa? Você está brincando, né!?

— Não tô, não. O cara é maluco como dizem por aí, levou um chifre da ex e foi parar justo no bar em que eu trabalhava, para encher a cara. Bom, a história é um pouco longa, mas, para resumir: ele é um tanto ou quanto excêntrico e me contratou para cuidar de suas manias. Arrumou minha documentação e me paga um salário exorbitante em dólar! Diga se seu irmãozinho não nasceu com a bunda virada para a lua? Hoje mesmo, vou ao Rio para verificar a apresentação no Rio Concert, ver se está tudo ok com o hotel e o material de montagem de palco, coisas assim. Na verdade, a equipe dele já cuidou de tudo e eu só checo para ver se os detalhes estão de acordo com os desejos de sua majestade. Sou babá. Não é fantástico?

— Você é assessor pessoal do Brian Blue e vai cuidar das apresentações do Fears no Rio Concert? Eu não posso acreditar! – Carol estava perplexa.

— Na verdade, eu estou mais para acompanhante terapêutico do que para assessor, mas acho bom você acreditar, porque é verdade. Mas, gente, por favor, o cara é louco, se ele souber que qualquer informação vazou, eu sou despedido, deportado e morto – exagerou. – Isso é segredo de estado!

— Rica, você tem que me levar!

— Eu sabia que você ia surtar – ele disse rindo.

— Ok, gente, eu não queria atrapalhar a conversa de vocês, mas quem é Brian Blue? – insistiu Vicky.

Ricardo olhou incrédulo. Carol pacientemente explicou que ele era o vocalista do Fears e buscou alguns dos seus discos para mostrar para Vicky.

— Ah, agora entendi. Desculpe, Ricardo, não queria fazer desfeita do seu trabalho novo, é que eu só escuto MPB, sou muito ligada nas letras e acho que arte que expressa a cultura...

— Agora não, Vicky! Depois você conta para o Ricardo suas teorias sobre arte e cultura – interrompeu Carol aos berros. – Rica, você tem que levar a gente com você!

— A gente não, eu adoraria ir, não pelo rock, mas pelo Rio, que eu adoro, e você sabe que eu não perco uma boa farra por nada, mas realmente não tenho dinheiro para ir com vocês – disse Vicky.

— Bom, dinheiro não é problema. Na verdade, Brian vai ficar em um hotel separado do resto da banda para evitar o assédio dos fãs e da imprensa. Como a gente sempre fecha o andar todo para hospedá-lo com mais privacidade e tem vários quartos sobrando, vamos usar apenas dois, um para ele, outro para mim, além do de apoio para os seguranças que ficam no andar, então, se quiserem, podem ficar em um dos quartos, mas têm que prometer que não vão se aproximar dele.

— Eu prometo – Carol gritou.

— Não sei, tem o avião e tudo mais – disse Vicky.

— Eu pago. Quer dizer, o Ricardo paga, pronto, vai ser um presente para a irmãzinha caçula dele.

— Ok, encontro vocês em dois dias então no Copacabana Palace. Agora tenho que ir, mas, por favor, é meu trabalho, nem olhem para o Brian, ok? Ao chegarem ao hotel, perguntem pelas reservas de Ricardo. Os bilhetes estarão no balcão da companhia aérea.

♪♪♪♪♪

Carol estava enlouquecida de tanta ansiedade e alegria quando chegaram ao Rio. Vicky divertia-se muito ao ver o estado da amiga por causa de uma banda de rock, porém não podia negar que achava a situação toda curiosa. Era sem dúvida uma aventura espiar tão de perto um território completamente estranho para ela.

As meninas chegaram já no dia em que o Fears faria a sua primeira apresentação. A banda iria tocar duas noites no festival.

Só tiveram tempo para deixar as coisas nos quartos (cada uma ficou com um, já que havia quartos sobrando) e seguirem com as credenciais que Ricardo havia providenciado para o estádio. Carol ficou muito impressionada com o hotel, pensou que devia ser bom ser rico e viver daquele jeito todos os dias. Vicky também se impressionou com o hotel, mas ainda mais com a multidão para o show quando se aproximaram do estádio no carro que Ricardo havia providenciado para levá-las. O carro seguiu direto para a entrada reservada ao *staff* e elas foram deixadas na parte posterior do palco, o *backstage*.

Aquele era um mundo à parte, uma infinidade de técnicos e assistentes que corriam e falavam sem parar. Ricardo estava entre eles e deu pouca atenção às meninas. Elas foram instruídas a ficar em um canto do gramado do *backstage*, onde não atrapalhariam até o início do show do Fears, quando então poderiam seguir para uma área na frente do palco reservada à imprensa e aos seguranças.

Quando o Fears começou a tocar, Vicky já estava cansada, pois esta era a última apresentação da noite, mesmo assim não deixou de se impressionar com o impacto que a banda e em especial seu vocalista produzia naqueles milhares de pessoas. Carol conhecia todas as músicas, cantava e dançava. Vicky, pouco acostumada com aquele tipo de som, estava cansada e voltou para o *backstage* para sentar-se na escada que dava acesso ao palco e descansar um pouco.

O show corria bem até Brian cantar um dos maiores hits do Fears. Uma música que havia composto para Annie. Ele não conseguiu terminar a canção, abandonou o palco enquanto o público continuava o refrão sem ele e sem notar que aquela não era uma pausa programada. James, o guitarrista da banda notou algo errado e tratou logo de improvisar um solo para ganhar tempo. A banda já tinha aprendido a lidar com imprevisibilidades do vocalista, e James sabia que, se Brian demorasse muito, Ricardo o conduziria de volta ao palco. Só precisava ganhar tempo.

Brian desceu as escadas sabendo que não tinha muito tempo para se recompor, sentou-se com a cabeça entre as pernas e as mãos no rosto sem notar a presença de Vicky que permaneceu imóvel observando a cena. Quando finalmente levantou a cabeça, seus olhos estavam úmidos, mas ele não chorava.

Vicky ficou muito comovida com aquela cena e não conseguiu, por mais que tentasse, desligar-se daquele olhar. Eram os olhos mais tristes que tinha visto em toda sua vida. Foi inundada por uma angústia inominável ao deparar-se com uma fragilidade *tão* profunda e deslocada naquele homem de corpo tatuado e cabelos compridos.

– Quem é você? O que faz aqui? O que está olhando? Saia daqui! – gritou Brian em inglês.

– Me desculpe, eu sinto muito – disse, sinceramente, Vicky usando seu inglês da melhor forma que podia, enquanto levantava-se e seguia para a área onde estava Carol.

Assim que ele pisou novamente no palco, foi aclamado pela multidão. Recomposto, terminou o repertório proposto para aquela noite sem maiores problemas.

Após o show, Ricardo e Carol saíram para jantar e dançar. Vicky estava cansada e terminou a noite tranquilamente no hotel.

O encontro

Brian saiu do estádio acompanhado apenas por alguns seguranças e seu motorista. Seguiu para uma boate especializada em prostituição de luxo muito famosa no Rio de Janeiro. Quando chegou, foi recebido por uma pequena multidão de garotas de programa do mais alto nível. Sentou-se em uma mesa discreta, que já havia sido cuidadosamente reservada. Escolheu cinco do total de garotas que lhe foram oferecidas. Elas se juntaram à mesa e todos começaram a beber, fumar, rir e conversar. Ele parecia se divertir, mas seu humor mudou repentinamente. Ficou calado, pedia uma dose depois da outra, se entediou com as meninas e expulsou todas da mesa. Continuou bebendo sozinho por mais algum tempo e então decidiu ir embora. Levantou-se, mas havia bebido demais e caiu sobre a mesa. Teve que sair da boate carregado pelos seguranças, que o levaram de volta ao hotel.

Os seguranças que estavam na boate o deixaram com os colegas que cuidavam do corredor. Brian gritava coisas sem sentido e recusava-se a entrar em sua suíte.

Vicky acordou com o barulho e foi ver o que estava acontecendo. Ficou horrorizada com a cena que viu. Não se incomodou por estar de pijama e correu para o corredor.

– O que está acontecendo?

Um dos seguranças que tentava controlar a situação foi o único a dirigir-lhe a palavra.

– Parece que ele bebeu demais.

– Ok, cadê o Ricardo?

– Ele ainda não voltou, a senhora está sozinha no andar. O que devemos fazer com ele?

Vicky não podia acreditar, aquilo era um pesadelo, ela não podia estar acordada. Deixou seu corpo deslizar pela parede até sentar no chão, mantendo os olhos fixos em Brian, tentando decidir o que fazer.

— O que devemos fazer? — Insistiu o segurança, arrancando Vicky de seus devaneios.

"Como ele esperava que ela soubesse o que fazer?", pensou, irritada.

— Vou tentar falar com ele — respondeu e seguiu resignada na direção de Brian.

— Brian, você não me conhece, meu nome é Vicky. Escute, não sei se consegue entender o que eu digo, porque meu inglês não é fluente e você bebeu demais, mas nós temos que entrar. Você está me entendendo, Brian? Nós temos que entrar.

— Você é a bruxa, a garota da feitiçaria! — ele gritou assustado.

Vicky não tinha certeza se seu inglês era pior do que presumia ou se Brian estava mais bêbado do que aparentava. Suspirou e tentou de novo.

— Brian, por favor, me dê sua mão, vamos entrar.

Para surpresa de todos, desta vez ele a ouviu. Conseguiu se levantar com a ajuda de um dos seguranças e os três seguiram até o sofá da sala da suíte. Assim que o ajeitou no sofá, o segurança saiu e Vicky tentou fazer o que podia para administrar aquela situação.

"O Ricardo já vai chegar", repetia para ela mesma a todo tempo enquanto tentava ajeitar Brian no sofá.

Não tinha muita experiência com pessoas alcoolizadas, ela mesma raramente bebia. Pensou nos clichês dos quais tinha ouvido falar; café forte e banho gelado. Tremeu ao pensar que ele podia entrar em coma alcoólico, pois não saberia o que fazer. Devia chamar um médico? Ricardo tinha recomendado tanto discrição... Talvez essa não fosse a melhor opção.

Foi ao telefone e pediu um café forte sem açúcar. Ele suava muito. Ela tentou dar o café, mas ele derrubou quase todo o conteúdo da xícara e depois começou a vomitar. Ela ficou tão nauseada com a cena que correu para o banheiro pensando que vomitaria também. Lavou o rosto e se olhou no espelho, incrédula. Estava branca, apavorada e exausta.

Telefonou novamente para a recepção e pediu a ajuda de uma arrumadeira. A mais discreta que tivessem, pediu.

Tirou a roupa de Brian e, com a ajuda da arrumadeira, colocou-o embaixo do chuveiro frio. Ele gritou de susto com a água fria, mas não esboçou maiores protestos. Ficou quieto, olhando através de Vicky enquanto esta o enxugava e trocava. Ela o colocou na cama, enquanto a moça limpava com eficiência a sujeira da sala e depois saía com discrição da suíte.

Vicky sentou-se ao lado dele na cama para descansar um pouco. Observou cuidadosamente aquele estranho, ele parecia bem.

"Acho que posso deixá-lo", pensou. "Preciso de um bom banho, roupas secas e um resto de noite tranquila." Estava exaurida. Levantou-se o mais delicadamente que pôde, mas foi agarrada pelo braço por Brian.

– Fique, por favor, fique – pediu suavemente.

Ela não soube se foi pelo fato de estar cansada demais para tentar soltar seu braço do dele ou se pela forma que ele a olhou quando pediu, mas, sem pensar, deitou-se ao seu lado e adormeceu.

♪♪♪♪♪♪

O sono de Vicky foi interrompido por um falatório estranho que parecia bem próximo a ela. "Estou com sono, preciso dormir mais", pensou enquanto cobria a cabeça com um travesseiro.

Mesmo com a cabeça coberta, pôde perceber um aumento súbito de claridade. Pensou que Carol tivesse deixado a janela aberta de novo e a cortina estivesse fora do lugar. Resmungando, meio dormindo, meio acordada, tirou o travesseiro do rosto e sentou-se na cama tentando lembrar-se onde era mesmo a janela do apartamento novo.

– Ah! – gritou ao se deparar com Brian na porta do quarto ainda com o telefone na mão.

– Muito bem – ele disse rindo do susto da garota –, agora você vai me contar quem é você.

– Não é nada do que você está pensando – defendeu-se enquanto pulava da cama sem graça.

– E o que eu estou pensando? – Ele parecia divertir-se com a situação.

– O que qualquer um pensaria quando encontra uma estranha em sua cama pela manhã – respondeu irritada.

– Não com essa roupa. – Ele riu.

De repente, Vicky lembrou-se da própria imagem. Estava descalça, o cabelo preso em um rabo de cavalo, usava um shortinho com camisetinha brancos decorados com ursinhos cor-de-rosa vestidos em pijamas coloridos. Ela corou. Levantou os olhos lentamente e encontrou Brian imóvel, com um sorriso maroto que insistia em não deixar seu rosto.

– Me dê só um minuto. Correu para o banheiro e trancou a porta. Pensou em encontrar outra saída, olhou a janela, era alto demais, teria que voltar para o quarto. Olhou-se no espelho e de repente sentiu-se ridícula naquele pijama de que tanto gostava. Encontrou um roupão que parecia limpo e tratou logo de vesti-lo. Lavou o rosto e encontrou um antisséptico bucal que, depois de alguns instantes de dúvida, resolveu usar. Ajeitou o cabelo da melhor maneira que conseguiu. Se ia para uma guerra, era melhor que se apresentasse com alguma decência. Respirou fundo e abriu a porta.

Brian não estava no quarto, foi um tremendo alívio, poderia sair dali rapidamente sem que ninguém notasse. Seguiu o mais rápido e silenciosamente que pôde para a porta da sala.

– Eu não sei do que gosta pela manhã, então pedi o café completo. Desculpe ter acordado você, mas achei que o café iria esfriar.

Ele se dirigiu para uma mesa lindamente posta num canto da suíte próximo à sacada. A vista para o mar era esplêndida. Ele apontou para uma cadeira em frente à sua. Rendida, ela se sentou.

– Muito prazer, meu nome é Brian Blue, mas acho que você já sabe – acrescentou irônico.

– Vicky, Vitória, mas Vicky – tentava não derrubar a água que servia. – Brian, eu não quero incomodar, também não estou com fome, obrigada pelo café, mas acho que já vou agora.

– Não antes de me contar quem é – disse isso categoricamente enquanto tomava tranquilamente um gole de café.

Vicky suspirou. Ele não iria desistir.

– Ok, eu sou amiga da Carol.

– Carol?

– É, Carol, a irmã do Ricardo.

Brian riu.

"Que inferno", pensava Vicky, "pra que tanto bom humor pela manhã?"

– E eu disse ao Ricardo que vocês poderiam vir desde que não me incomodassem!

Seja lá do que for que estivesse rindo, ela sentiu que ele não compartilharia a piada.

– Eu não queria incomodar, mas você chegou naquele estado, o Ricardo tinha saído com a Carol, os seguranças não sabiam o que fazer. Como eu estou a dois quartos de você...

– Dois quartos? Tão perto? Eu não podia imaginar...

– Bom, de fato não queria incomodar e tenho certeza de que o Ricardo pode nos trocar de andar, acho que foi um equívoco do hotel – ela ia levantando quando ele segurou seu braço.

– Isso já está virando um hábito seu!

– O quê? – ele parecia surpreso com a reação dela.

– Essa sua mania de me segurar o braço, é intimidador! Pode me soltar, por favor!?

Brian achava aquela situação cada vez mais curiosa. Divertia-se com o jeito atrapalhado da menina, a forma como empregava as palavras, a maneira como as pronunciava. Tudo nela o divertia

– E o que fazia sozinha no andar?

– Dormia. Estava tão cansada... e todo aquele barulho no estádio me deu dor de cabeça. – Levou a mão à boca denunciando-se por falar demais.

– Barulho? – ele perguntou incrédulo, mas ainda bem-humorado.

– Desculpe – abaixou a cabeça, constrangida –, sua banda é realmente ótima, é que eu não estou muito acostumada ao tipo de som e eram várias bandas e algumas realmente barulhentas, mas não o Tears, o Tears tem uma musicalidade própria – fingia estar entretida com a geleia que passava em uma torrada e a ofereceu a Brian para disfarçar o embaraço.

– Fears.

– O quê?

– Fears, o nome da minha banda é Fears.

– Fears, claro... – Vicky queria que um buraco se abrisse no chão e que sua cadeira fosse engolida.

Brian olhava com curiosidade para ela, seu rosto assumiu uma expressão que Vicky não conseguia decifrar.

– Eu me lembro de você.

– O quê?

– Me lembro, lá do estádio, lembro do jeito que olhou para mim. Um jeito quase mítico.

Desta vez foi Vicky quem riu. Então era isso que ele tinha chamado de feitiçaria na noite anterior.

– Sabe – ele continuou –, eu estranhamente pensei naquele olhar algumas vezes ontem.

Vicky foi invadida por aquela estranha sensação de novo, era uma sensação muito viva, quase física, algo que falava de um sentimento profundo de intimidade e dor, como se a presença dele transformasse algo nela, só que ela não sabia o que era. Seus olhos estavam densos, grudados em Brian. Abaixou o rosto para livrar-se daquela sensação. Levantou-se decidida.

– Eu vou descer, vou para a piscina. Obrigada pelo café.

Desta vez, ele não tentou impedi-la. Permaneceu sentado, observando enquanto ela se afastava.

– Espere, eu também vou. Encontro você lá.

Quando desceu, ela encontrou Brian sentado embaixo de um guarda-sol em uma área um pouco mais reservada da piscina, cercado por seguranças. Ricardo estava em pé ao seu lado, visivelmente agitado, gesticulava como se quisesse explicar algo. Brian sorria e sacudia a cabeça enquanto distribuía autógrafos a alguns hóspedes.

Vicky riu da cena, fossem quais fossem as preocupações de Ricardo, para Brian, elas não tinham a menor importância. Ela se aproximou dos dois e passou pelos seguranças após um gesto de Brian. Nem uma palavra, outro gesto discreto e a sessão de autógrafos foi gentilmente interrompida. Era estranha aquela situação. Todos aqueles seguranças em volta, as pessoas na piscina olhando com curiosidade. Alguns seguranças circulando entre os hóspedes para garantir que nenhuma foto fosse tirada. Ela pensou que deveria ser difícil viver daquele jeito. Seus pensamentos foram interrompidos por Ricardo.

– Bom dia, Vicky!

– Oi, Ricardo, onde está a Carol?

– Dormindo.

– Vocês se divertiram ontem, né? – Havia uma queixa implícita em sua colocação.

– Pelo que eu entendi parece que você também – disse lançando um olhar em direção a Brian.

– Você não faz ideia – respondeu com ironia.

– Bom, tenho trabalho a fazer, vou deixar vocês. – Saiu, mas não sem antes lançar um olhar de curiosidade para os dois.

Ela sentou-se ao lado de Brian e imediatamente apareceu um garçom que, com mais cortesia do que se fazia necessário, ofereceu a ela o cardápio de drinks.

– Obrigada, vamos tomar duas águas de coco – disse afastando o cardápio e recolhendo o copo do drink que Brian bebia e que ainda estava pela metade. – Você pode levar isto aqui. Ele já terminou, obrigada.

– Você é sempre assim? – ele perguntou sinceramente surpreso com a atitude dela.

– Só quando se trata de questões de sobrevivência.

– Minha? – perguntou tentando entender.

– Nossa, enquanto dividirmos o mesmo andar, eu acho.

Brian achou graça da petulância dela. Estava curioso, queria saber mais sobre a garota, quem era, o que fazia. Ela contava com entusiasmo sobre sua mudança para São Paulo, o início da faculdade, seus planos para o futuro. Ele se perturbou um pouco ao descobrir que ela tinha apenas dezoito anos, mas tentou não dar muita importância ao fato. Era interessante estar ali com ela. Não eram só as coisas que ela dizia, ou os interesses que iam descobrindo que tinham em comum, mas a forma como ela dizia; tão presente, inteira e viva.

Vicky rapidamente se esqueceu dos seguranças ao redor dos dois ou dos hóspedes e até mesmo das horas. Era como se tivesse conhecido Brian por uma vida inteira. Eles tinham o mesmo interesse em vasculhar a alma humana, ele de uma forma tipicamente artística, visceral. Ela de um jeito mais cauteloso e teórico, mas, ainda assim, intenso.

– Vicky! – Carol estava parada em frente a eles com os olhos esbugalhados que lhe eram característicos.

– Carol, eu não acredito que dormiu até agora! – Foi a primeira vez que se deu conta da passagem do tempo desde que havia se sentado. Já estava anoitecendo – Acho que você conhece o Brian, né? Brian, esta é a Carol.

– Olá, Carol, junte-se a nós – ele disse gentilmente.

– Vicky, eu não posso acreditar! É verdade o que o Ricardo falou? Você dormiu com o Brian Blue! Desta vez você me surpreendeu... cara!

– Carol, por favor, não me mate de vergonha – pediu baixinho –, não é nada disso.

— Vergonha por quê? Ele não tá entendendo nada do que a gente tá falando mesmo. Ai, meu Deus, eu não posso acreditar! E ele é lindo!

— Carol, sente-se e fale em inglês, por favor, é constrangedor falar sobre ele como se ele não estivesse aqui.

— Brian, me desculpe, eu sou tão fã dos Fears que fiquei emocionada com sua presença aqui. Até esqueci que estava aí. Parecia mais um pôster seu ou algo assim.

Vicky e Brian riram do entusiasmo dela, mas ela nem se importou. Passou quase uma hora falando dos discos dos Fears de que mais gostava, dos clipes, do show da noite anterior, perguntando sobre influências musicais e o próximo álbum. Ele respondia a todas as questões de Carol com cordialidade e, assim que conseguiu uma brecha no interrogatório, levantou-se.

— Bom, acho que tenho que ir agora, o tempo passou e eu nem percebi. Daqui a pouco tenho que estar no estádio de novo. Vocês vão ao show, não vão?

— Claro que vamos — Carol apressou-se em responder.

— Por que desta vez vocês não assistem do palco, junto com o Ricardo? Isto é, se não for muito barulho para a Vicky. — Voltou-se para ela, que apenas sorriu em resposta à provocação. — Vou pedir para o Ricardo providenciar um encontro na suíte depois do show. É nosso último show aqui, vamos comemorar as apresentações e assim a Carol pode conhecer o resto da banda. O que acham?

— Perfeito para nós, *né*, Vicky?

— Ok, nos vemos mais tarde então. — Saiu acompanhado por todos os seguranças.

As meninas subiram um pouco depois. Vicky foi ao quarto de Carol e contou rapidamente o que tinha acontecido até então. Prometeu maiores detalhes a caminho do estádio. Tinham que se trocar e seguir para o show.

Visto de cima do palco, o show do Fears era ainda mais impressionante. A banda foi anunciada e o estádio estremeceu. Eles começaram a tocar ainda no escuro. As luzes se ascenderam sobre Brian que estava em cima de uma caixa de som. Ele saltou nesse exato momento e pôs-se a cantar e correr para o público enquanto o encarava como se pudesse atravessar as pessoas com seu olhar. Ele conduzia a plateia a um estado de êxtase. Vicky ficou impressionada com o efeito que Brian produzia na multidão, ele a tinha sob controle, sabia o que estava fazendo, brincava de Deus e provocava a idolatria de seus fãs. Foi um show bárbaro.

Todos se encontraram na suíte de Brian como haviam combinado. Uma festa estava à espera, com uma variedade incrível de bebidas e comidas para uma festa planejada há tão pouco tempo. Ricardo não era babá, pensou Vicky, era o gênio da lâmpada, pronto para realizar qualquer desejo de Brian.

Assim que as meninas chegaram, Brian foi apresentando-as entusiasticamente para os integrantes da banda e outros poucos convidados, todos funcionários que acompanhavam as turnês do Fears. Não era uma festa grande, mas tinha o glamour de uma. No som, um bom e alto rock'n'roll. As pessoas entrosadas riam embaladas por bebida e cocaína.

Vicky esforçou-se para não se mostrar muito careta. Não estava em seu território e não queria causar nenhum mal-estar, apesar de já ter se arrependido de ter aceitado o convite.

Um dos convidados ofereceu pó às meninas, que, da maneira mais natural possível, negaram. Carol, no entanto, aceitou um baseado.

— É natural – disse para Vicky.

— Vai fundo – ela respondeu.

Como era de se esperar, Carol enturmou-se mais rápido do que Vicky. Não que Vicky não conseguisse circular pela festa. Ela até o fazia, mas, à medida que o tempo passava, as pessoas iam ficando cada vez mais altas e era mais difícil conversar.

Ela pegou uma taça de vinho e foi para a sacada da suíte apreciar o mar e o silêncio da noite. Ficaria ali por mais um tempo, logo estariam todos animados demais para notar sua ausência e então ela poderia voltar para sua suíte.

— Divertindo-se? – perguntou Brian enquanto fechava a porta da sacada atrás dele.

— Bastante – mentiu.

Ele se aproximou do parapeito da sacada onde ela estava com os olhos perdidos no mar.

— O mar sempre me fascinou também – disse introspectivo. – Se importa se eu fumar?

— Não, incrivelmente, você é a pessoa mais comportada da festa hoje, depois de mim é claro, merece seu cigarro.

– Eu estou tranquilo hoje. Acho que é uma questão de sobrevivência, enquanto dividirmos o mesmo andar – ele brincou.

Vicky riu, mas não da brincadeira dele. Sua atenção tinha subitamente migrado da sacada para a sala.

– O que foi? – ele perguntou curioso.

– É a Carol! Acho que ela acabou de atacar o seu baixista.

– O Kevin?

– É, parece que o Kevin está prensado contra a parede.

– Parece que eles estão se divertindo.

– Parece que todos estão se divertindo – disse, achando graça das pessoas, agora já alteradas demais.

– Bom, a gente podia ir até o quarto e se divertir um pouco também. O que você acha? – Brian falou enquanto envolvia seu braços em torno do corpo dela e afastava seu cabelo para beijar-lhe o pescoço.

O corpo dela enrijeceu. Brian sentiu a mão dela contra o seu peito empurrando-lhe decididamente. No rosto, uma expressão de indignação maior do que caberia à situação.

– Desculpe, Brian, eu não sou exatamente desse tipo.

– Que tipo? – Ele estava confuso e frustrado. Disse a frase com mais agressividade do que gostaria.

– Do tipo que transa com um desconhecido – ela tentou não ser muito ofensiva.

– Mas nós passamos o dia todo juntos. Quanto tempo você precisa ter com um cara para transar com ele!? – havia sarcasmo em sua voz.

– Mais do que isso – ela respondeu, sentindo a irritação crescer dentro dela. "Quem ele pensava que era?", pensou.

– Então – ele concluiu calmamente – você precisa conhecer muito bem a pessoa antes de transar com ela? Bom... é uma pena, deve transar muito pouco.

Vicky o fulminou com o olhar, mas ele não se intimidou.

– Uma pena mesmo, teríamos nos divertido juntos – ele disse enquanto a despia com o olhar. – Se mudar de ideia, estou no meu quarto. Acho que conhece o caminho.

Pegou o copo de vinho de Vicky que estava no parapeito da sacada e o tomou em um só gole, colocou o copo de volta de qualquer maneira no parapeito. O copo caiu e se espatifou no chão. Vicky saltou para que os cacos não atingissem suas pernas. Brian já tinha deixado a sacada.

Ela estava indignada, com uma raiva mortal dele. Pensou em ir até a sua suíte e lhe falar umas boas. Queria dizer que ele brincou tanto de Deus que acreditou na brincadeira, que se portava de maneira grosseira e infantil, que estava acostumado a ter tudo e todos aos seus pés, fazendo suas vontades, mas que estava terrivelmente sozinho e sabia disso. Queria magoá-lo, ficou saboreando sua vingança por alguns momentos e de repente se deu conta dolorosamente de que estava se importando demais com aquilo, decepcionada demais, mais do que convinha. Ficou atrapalhada com a percepção que teve sobre si mesma. Estava tarde, iria voltar para sua suíte, foi o que decidiu. No dia seguinte, iria embora de qualquer maneira e tudo não teria mais importância.

Passava de cabeça baixa e passos determinados pela sala quando sentiu que lhe puxavam pelo braço. Era James, bastante alterado.

– Oi, parece que não conseguiu entreter o Brian esta noite. Não é sua culpa, ele é um cara bem instável mesmo.

– Solta meu braço, por favor – era mais do que um pedido, era uma ordem, ela tinha ódio no olhar.

– Calma, venha aqui, sua noite não está perdida, eu sou um cara muito mais fácil de entreter.

Pressionou-a contra a parede. Todos riram. Ela não achou graça e o empurrou com força, mas ele continuou segurando. Ela esbarrou na mesinha, uma garrafa caiu no chão e quebrou. Desta vez, os cacos acertaram sua perna. James foi arrancado de cima dela por Brian, que a puxou pela mão e a levou para sua suíte com uma expressão confusa.

– Me desculpe, Vicky, vamos até o banheiro, me deixe lavar esse corte. Me desculpe pelo James, ele é geralmente um cara legal, só está um pouco alto.

Ele falava sem parar, mais rápido do que ela poderia entender, quer pela ansiedade dele, quer pelo susto e raiva que ela sentia.

Ele tirou o sapato dela, estendeu sua perna sobre a banheira e lavou delicadamente o corte. Vicky, que estava um pouco anestesiada até então, tomou a toalha da mão dele, enrolou na perna e falou com uma determinação furiosa:

– Você nunca mais fale comigo! Aproveite sua festa. – Saiu deixando Brian parado no meio do banheiro.

No dia seguinte, acordou cedo. Era a última vez que entraria numa roubada daquelas com Carol. Não queria pensar em Brian ou em James, ainda estava com raiva demais para dormir até tarde. Confusos, aqueles últimos dias. Bom, teria o que contar aos netos, pensou enquanto separava a roupa que colocaria depois do banho. Examinou o corte na pele, era bem superficial, sobreviveria, concluiu. Tomou seu banho com calma. Estava de ressaca, não do vinho, mas das cenas da noite anterior. Nada que um bom e longo banho não resolvesse, seguido por um bom e calmo café. Agradeceu por Ricardo e Carol terem ficado até tarde na festa, estariam dormindo, e por Brian não descer para tomar café. Os outros convidados não estavam hospedados no hotel, então tomaria seu café tranquila e só. Era o que precisava. Depois, arrumar as malas e voar de volta a São Paulo. O curso de filosofia a esperava.

Estava pronta, abriu a porta do quarto, mas não deu nem mais um passo em direção à sala da suíte.

"Por favor, me deixe falar com você de novo."

Era o que estava escrito na parede da sala, com um batom de cor familiar. Abaixo das letras na parede estava Brian, sentado no chão, distraído brincando de abrir e fechar o batom. Ao lado dele, a bolsa dela aberta. Agora sabia de onde vinha a familiaridade com a cor.

Brian demorou alguns segundos até notar a presença dela na porta, estava absorto em seus pensamentos. Quando a viu, um sorriso iluminou seu rosto.

"Meu Deus, como ele era lindo quando sorria daquele jeito", ela pensou. Quis ficar brava, sentir raiva. Seria mais fácil se ele não sorrisse daquele jeito.

– Parece que você não tem *mesmo* o menor senso de privacidade, não é? – sua voz saiu muito mais doce do que planejava.

– Pelo menos você está falando comigo de novo. – Ele se levantou e caminhou em sua direção.

– É, parece que sim. A que devo a honra de sua visita?

– Eu vim me despedir.

Antes que Vicky pudesse notar, ele estava beijando-a.

Se ela pensou em resistir, foi tão rápido que o pensamento não teve oportunidade de chegar à consciência. Sentia uma onda de eletricidade percorrer toda a sua pele. Seu corpo reconhecia o dele, pertencia a ele, ela estava entregue. Demorou alguns segundos para recuperar a respiração e abrir os olhos. Brian a olhava com uma expressão de encantamento, seu rosto reluzia alegria. Não cansou de admirá-la por algo que parecia uma eternidade e então a beijou de novo.

— Brian! – Batiam na porta. – Temos que ir, suas coisas estão prontas.

Ele riu do inusitado. Ricardo era sempre eficiente demais em administrar seu tempo.

Vicky sentou-se atordoada no sofá, ainda tentava entender o que tinha acontecido entre ela e Brian.

— Entra, Ricardo – ele disse enquanto abria a porta.

— Desculpe, gente, não queria atrapalhar nada, mas o Brian tem que ir.

— Bom – disse Brian voltando-se para ela –, acho que devo ir agora.

Vicky nem se mexia no sofá, estava assustada demais com ela mesma.

— Boa viagem então – disse sem ter coragem de olhar para ele –, e cuide-se. Por favor, tenha juízo.

— Tarde demais para isso. – O sorriso continuava a iluminar seu rosto.

Quando fechou a porta, Vicky sabia que aquela era a última vez que veria Brian.

Universidade

A faculdade de Filosofia não iria distrair Vicky tanto quanto ela imaginava. Há menos de um mês ela estava tão entusiasmada com a possibilidade de começar o curso e agora se sentia estranhamente desanimada.

Ter chegado àquela manhã do litoral norte, onde passou um tempo com as amigas de Campinas, não ajudava, assim como o dia chuvoso e o fato de estar tão atrasada por ter deixado sua mala em casa antes de ir para a USP também não.

Já estava arrependida de ter faltado às duas primeiras semanas de aula. Provavelmente, todos já se conheceriam e ela teria dificuldade para se enturmar. Esse pensamento fez com que ela sentisse um calafrio. De repente, o campus com que tanto sonhou tornou-se frio e hostil.

"Coragem, Vicky", pensou, "é só a chuva e o céu cinza que estão te desanimando. Melhor encontrar logo o prédio da Filosofia e encarar a turma, não pode ser tão ruim assim."

Cansada de brigar com a própria desorientação espacial, decidiu pedir ajuda para encontrar o prédio. Estava sem ânimo para interromper a conversa de um grupo sentado no bar, além disso, eles pareciam veteranos, e tudo o que não queria era ser descoberta como caloura depois de ter escapado das semanas de trote. Seus olhos rastrearam discretamente a marquise que abrigava a lanchonete em busca de uma informação menos ameaçadora. Sorriu ao focalizar uma garota, jovem como ela, lutando com alguns banners em uma mesa próxima.

— Oi, desculpa incomodar você. Será que poderia me dizer onde é o prédio da Filosofia?

A menina era tão magra que parecia que iria quebrar se um dos banners a atingissem. Ela tentava bravamente ajeitá-los embaixo dos braços.

— Claro – sorriu –, assim que você me ajudar a levar isso aqui para a faculdade de Artes Cênicas – disse, jogando dois dos três pedestais para Vicky segurar.

Ela os agarrou por reflexo, mas ficou paralisada pela surpresa da situação.

— Vamos – sorriu a garota que seguia na frente –, nós não temos a manhã toda!

"Escolha errada", Vicky pensou enquanto carregava desajeitadamente o material. "Devia ter ficado com os veteranos, ou isso é um trote ou a menina é completamente louca." Bom, fazer a escolha errada não era exatamente uma novidade considerando-se os últimos dias.

— Olha, eu adoraria ajudar você, mas realmente estou muito atrasada para a aula e tenho que ir. Se você puder só me dizer onde é o prédio...

— Ah, você não vai querer estar na aula agora, acredite em mim. A menos que ame estatística.

— O quê?

— Estatística, se não ama estatística é melhor continuar a me ajudar. Aliás, meu nome é Mônica. Acho que somos colegas de turma. Primeiro ano de filosofia, manhã, prédio treze. Muito prazer.

— Prazer, eu sou a Vicky. – "Era tudo o que precisava, ela está na minha sala", pensou, achando graça da situação.

— Então, Vicky, por onde andou nos últimos dias? Não me lembro de ter visto você na sala. Você já sabia das aulas de estatística, por isso fugiu?

— Não, isso foi surpresa para mim. Na verdade, estava tentando fugir dos trotes das primeiras semanas. Sou de Campinas, mas estou morando em São Paulo com uma amiga, voltei para Campinas para visitar meus pais e aproveitei e dei uma esticada no litoral norte com umas amigas. Para que são esses banners?

— É para uma festa que estamos promovendo para a integração dos bichos e veteranos. Tenho uns amigos que vão tocar na festa e o banner vai ajudar na divulgação. Eu que fiz. No ano passado, fiz artes cênicas. Queria trabalhar em especial com produção artística, cenários, essas coisas, mas o foco era muito em interpretação, então prestei filosofia, mas acho que vou acabar fazendo turismo. De qualquer forma, fiz uns amigos por lá e contribuo sempre que posso. Vamos, aqui é o centro acadêmico deles.

Era como estar de volta a Woodstock. Vicky teria uma sensação de déjà-vu se tivesse vivido naquela época. Almofadas pelo chão, um pequeno balcão onde se podia tirar Xerox no canto da sala e um atendente que parecia ter fugido do musical *Hair*. Em outro canto havia uma mesa de pebolim com um pequeno grupo que jogava entusiasmado sem se incomodar com o grupo maior de pessoas no centro, sentadas e deitadas no chão por entre as almofadas e em volta de uma menina morena que, com um violão na mão, dava o tom que os outros acompanhavam em coral. A música era um dos hits do Fears. Vicky se lembrou que não era só dos trotes de que havia fugido nas últimas semanas. Seria difícil reencontrar Carol e suportar todas suas perguntas e entusiasmo sobre o que havia acontecido no Rio. Não queria pensar nisso. Preferiu se concentrar no que estava acontecendo no centro acadêmico.

Assim que viu Mônica, a morena passou o violão para um garoto ao seu lado e seguiu para abraçá-la.

– Mônica, que bom que chegou! E olhe, seus banners ficaram lindos outra vez. Obrigada!

– Verô, essa é a Vicky. Ela é da minha turma. Hoje é seu primeiro dia aqui.

– Oi, Vicky, seja muito bem-vinda – disse com um entusiasmo genuíno enquanto a abraçava calorosamente. Puxou-a pela mão e apresentou para o resto do grupo, que iam com o mesmo entusiasmo abraçando-a e beijando-a.

Vicky se surpreendeu com a receptividade de todos. Estava grata por ter estado tão errada quanto à expectativa do dia no começo daquela manhã. Sentiu-se completamente acolhida pelo grupo. Verônica, em especial, era uma menina muito doce, um pouco menos magra e um pouco mais centrada que Mônica. Tinha compromisso com as coisas que se propunha a fazer, mas sem levá-las muito a sério. Além de bonita era extremamente talentosa no que dizia respeito a voz e violão.

– Ela é a vocalista da banda que vai tocar hoje à noite – explicou Mônica.

– Você vem, não é, Vicky? – perguntou Verônica.

– Claro que venho. Posso trazer uma amiga? Ela é do curso

de Publicidade. – "Isso sim, viria bem a calhar, uma festa para tirar o foco de Carol dos últimos acontecimentos", Vicky pensou.

– Claro que sim – responderam as duas em coro.

Vicky e Mônica juntaram-se ao grupo enquanto Verônica reassumia o violão. Quando perceberam, já era hora do almoço.

– Acho que eu perdi todas as aulas hoje – comentou Vicky com uma pitada de culpa.

– Não se sinta tão culpada, a menos que adore aula de Português – disse Mônica. – Além do mais, terá outra chance. Hoje é um dos dois dias da semana que temos aula em período integral. Depois do almoço, História da Filosofia e Filosofia Geral I. Mas não se empolgue muito. Ao que parece, o curso começa a ficar interessante a partir do início do terceiro ano. Se sobrevivermos até lá – acrescentou em um tom melancólico.

Já que iriam ficar para as aulas da tarde, decidiram ir almoçar em um dos bandejões da universidade. O ambiente era simples, mas aconchegante, e a comida variada. A fila longa era mais um entretenimento do que um infortúnio. O único problema era encontrar uma mesa para sentar com as bandejas na mão, pois, principalmente em um dia chuvoso como aquele, as mesas do salão interno ficavam lotadas, deixando apenas as mesas ao ar livre vagas.

– Olhe, é o Ítalo. Ítalo! – gritou Verônica.

– Oi, Verô, senta aqui, eu estou sozinho.

Ele se levantou e abraçou e beijou Verônica e Mônica.

– Essa é a Vicky, Ítalo, ela é da minha sala – apresentou Mônica.

– Tecnicamente – ironizou Vicky –, na verdade, ainda não consegui chegar ao prédio da Filosofia.

Ele riu e a cumprimentou de um jeito mais contido do que do resto do grupo, mas não menos afetuoso.

Ítalo era mais velho, estava no último ano do curso de arqueologia e cursava história paralelamente. Dava aulas em uma escola pública e era o guitarrista da banda de Verônica. Apesar de não ter formação formal, era um expert em Filosofia e conhecia com profundidade muitos dos teóricos preferidos de Vicky. Não era bonito, nem muito comunicativo, mas um excelente ouvinte; atencioso e observador. Falava pouco, mas quando o fazia todos interrompiam o que estavam dizendo para ouvi-lo. Vicky de imediato percebeu que eles seriam grandes amigos.

Poderiam conversar por horas se Mônica não advertisse que deviam ir para aula. Verô e Ítalo não tinham mais aula naquele dia e ela aproveitou a carona dele para irem até a casa que tinham alugado para a festa, para ajeitar os detalhares para a noite.

A tarde foi menos interessante do que a manhã. Mônica tinha razão, o primeiro ano não era exatamente o que tinha esperado. As matérias eram muito introdutórias e a turma menos interessante do que Vicky tinha imaginado. Muitos dos alunos não tinham tido qualquer contato com os conceitos mais fundamentais da filosofia.

"Culpa minha", ela pensou, "idealizei demais a faculdade."

Na última aula do dia, tiveram uma discussão em grupo. Ela e Mônica se juntaram a um grupo de mais quatro pessoas que Mônica apresentou. Vicky facilmente conduziu a discussão e apresentou as ideias de seu grupo ao restante da classe. Já não sentia receio por ter chegado depois do início das aulas ou por não conhecer ninguém, nadava em águas conhecidas e impressionou os colegas e o professor. Ao fim da aula, talvez por ser seu primeiro dia na sala, talvez por ter chamado atenção pela fluidez com que conduzia seu pensamento, foi abordada por vários colegas que queriam conhecê-la melhor. Ela achou as pessoas simpáticas e tentou ser atenciosa, mas sentiu que ganharia mais discutindo seus pontos de vista com Ítalo do que com elas.

No final do dia, já sabia onde estariam seus amigos para os próximos quatro anos. Mônica, Verô e Ítalo, além de Carol, é claro.

Pensar em Carol fez o estômago de Vicky doer. Quando chegou do litoral, sua mãe, Estela, disse que Carol tinha ligado várias vezes e ela nem se deu ao trabalho de retornar. "Não é culpa de Carol que eu tenha ficado tão perturbada por causa de Brian", refletiu, mas já se sentia suficientemente ridícula por isso e sabia que a amiga iria torturá-la para obter detalhes que só fariam com que ela se sentisse pior. Respirou fundo, despediu-se de Mônica prometendo ir à festa à noite e seguiu para o apartamento.

Assim que chegou em casa, pegou sua mala que ainda estava na porta e seguiu para o quarto. Encontrou Carol, saindo do banho, enrolada na toalha. Seus olhos dobraram de tamanho assim que cruzaram com os de Vicky. Não era um bom sinal.

– Oi, Carol – disse tentando parecer despretensiosa.

– Oi, Vicky! E então? Você vai me dizer o que está acontecendo?

— Por quê? Está acontecendo alguma coisa? – fingia estar ocupada desarrumando a mala.

— Não sei. Você veio muda no voo do Rio para cá. Nem parecia ouvir as coisas que eu falava. Quando chegamos ao aeroporto, você disse que ia aproveitar a mala para ir para Campinas e sumiu num táxi para a rodoviária. Nem perguntou se eu queria ir. Mal se despediu. O que está acontecendo? Eu fiquei preocupada, sabia?

— Me desculpe – estava realmente sentida por magoar a amiga, mas não conseguiu pensar em nada melhor para dizer.

— Eu liguei várias vezes. Sua mãe não deu recado pra você?

— Deu sim, quando cheguei. Não estava em casa, fui para o litoral. Quando voltei, vim direto para cá, sabia que ia encontrar você, por isso não liguei. – Esforçou-se para parecer convincente, mas Carol olhava para ela com um misto de indignação e incredibilidade. Ela sentiu que devia uma explicação. Largou as roupas, sentou na cama, deu um suspiro e começou a falar timidamente, sem olhar para Carol.

— Olha, Carol, me desculpa, *mesmo*. Eu não sei como explicar. Aquilo que aconteceu no Rio... – não sabia como continuar a frase – foi estranho para mim, e eu não queria falar sobre esse assunto, por isso te evitei. Foi uma bobagem. Vamos deixar para lá, tá?

— E imagino que posso tomar "aquilo que aconteceu no Rio", por você e Brian, não é?

— Carol, a gente pode não falar sobre isso? – sua voz estava impregnada de determinação.

— Acho que vai ser realmente difícil – sorriu maliciosa.

— Tá vendo? Por isso não queria falar com você. – Voltou a arrumar as roupas.

Carol ficou séria. Empurrou a mala de Vicky e se colocou na frente dela.

— Vicky, aconteceu alguma coisa que você não queira me contar? Ele fez alguma coisa que você não queria?

Vicky riu, mas era um sorriso sem graça.

— Claro que não! Que bobagem.

— Então por que isso tudo? Eu não estou entendendo você.

Ia ter que explicar... Como fazer isso de um jeito menos doloroso ou sem se sentir ridícula?

— Porque me transtornou, Carol, eu não paro de pensar nele. É ridículo! Eu mal conheço o cara. Por favor, vamos mudar de assunto!

Carol ria.

— Então, tudo isso, só por isso? Só porque você se apaixonou?

— Eu não disse que me apaixonei. Só que fiquei um pouco transtornada com toda a situação. Isso é incomum para mim, tá bom? Agora vamos mudar de assunto?

Carol se divertia sadicamente com a irritação da amiga.

— Acho que não vamos mudar de assunto ainda. Parece que você não foi a única.

Vicky notou uma brecha para desviar o assunto e se animou com a possibilidade. Era claro que ela queria falar de sua paixonite por Kevin. Não era novidade para nenhuma das duas. Carol se apaixonava com uma regularidade semanal.

— Ok, sou toda ouvidos. Conte-me sobre o Kevin.

— Kevin?

— É, você não disse que está apaixonada?

— Eu? Eu não. Não que ele não seja uma delícia, mas depois de quase três semanas... você me conhece.

— Bom, então entendi mal. Se não temos mais nada a falar sobre esse assunto, vou tomar um banho. Temos uma festa para ir mais tarde. Conheci umas pessoas bem legais na faculdade hoje. Vai ser bem divertido.

— Mas que inferno Vicky, você não está me deixando falar!

Aquilo era estranho. Nem a perspectiva de uma festa fazia Carol mudar de assunto.

— Carol, eu não sou a única transtornada aqui. Eu falei que temos uma festa daqui a pouco. Com veteranos. Você não quer detalhes?

— É exatamente o que eu estou tentando dizer. Você não é a *única* transtornada, já que gosta dessa palavra. O Brian não para de ligar pra cá há quase três semanas! Ele começou a ligar dois dias depois que deixamos o Rio e não parou até agora. Ele tá me pondo louca. Acho que o cara pôs o FBI atrás de você.

— Carol, isso não tem graça!

— Não tem mesmo. Ele queria de qualquer jeito o telefone da casa dos seus pais, mas eu achei melhor não dar. Prometi que, assim que tivesse notícias suas, eu ligaria pro telefone celular dele. Se não funcionar, tenho também o número de um bip. Tem uns telefones fixos, mas nesses eles nunca estão. É difícil, a gente nunca sabe em que cidade eles estarão no dia seguinte – disparou ela.

— Carol, calma! Do que você está falando? Que história é essa de celular? A gente não tem dinheiro para ligar pros Estados Unidos. É uma sorte podermos manter esse telefone.

Vicky só havia ouvido falar em telefone celular pela TV. Sabia que era algo recentemente implantado no Brasil, de uso completamente restrito e pouco eficiente. Além de caríssimo.

— É, o celular não pega. Vamos tentar o bip — ela continuou sem dar atenção para o que Vicky dizia.

— Carol, a gente não tem dinheiro para isso!

— Pronto, enviei a mensagem. Agora a gente espera ele ligar. O Ricardo vai pagar as ligações, Vicky! Para de se preocupar com coisa sem importância. Fala com o Brian, senão é capaz do Ricardo perder o emprego, aí, sim, a conta vai sair cara!

— Bom, Carol, eu não achei graça da brincadeira, esse telefone não vai tocar, eu tenho uma festa para ir. Com licença, vou tomar banho.

Mas o telefone tocou.

— Atende, Vicky, é para você! Até quando vai ficar aí parada?

Vicky atendeu ainda sem acreditar.

— Fala, Ricardo, que brincadeirinha sem graça, hein?

— Vicky?

Era Brian do outro lado. Ela estava incrédula. O que ele queria? Sabia que Carol tinha exagerado nas coisas que disse, mas ele fora incrivelmente rápido em ligar de volta.

— Brian? — Sua voz saiu trêmula. Carol riu.

— Oi — ele respondeu.

Vicky suspirou. O que ia dizer para ele? Não sabia se era só projeção dela, mas a voz dele parecia constrangida ao telefone.

— Faz tempo — ela arriscou.

— Tempo demais — ele respondeu.

O coração dela disparou, as mãos tremiam. "Recomponha-se", ela pensava, "você está sendo ridícula!" Mas não conseguia dizer nada.

Ele decidiu quebrar o silêncio.

— E então, por onde você andou? É mais difícil encontrar você do que a mim. Você tem uma amiga muito leal. Eu a subornei e ela não me deu o telefone de onde você estava. Isso é raro.

— Acredite, não seria uma boa ideia. Eu estava...

— Eu quero ver você — ele interrompeu bruscamente. Havia urgência em sua voz.

Desta vez, ela teve certeza de que seu coração parou, pôde sentir a repentina interrupção da circulação sanguínea em todo o corpo.

– Bom, isso é bem improvável agora, não é? – Só pensava em terminar aquela conversa o mais rápido possível. Aonde chegariam com aquilo?

– Quarta-feira.

– O que tem quarta-feira?

– Chego aí quarta-feira. O Ricardo diz a você depois em que hotel estarei e quando o carro a pega. Não fuja mais, ok? Preciso ir, estou no meio de uma gravação.

– Ok – foi só o que conseguiu balbuciar antes de desligar.

Amor e sexo

"Eu não devia ter vindo! Eu não devia ter vindo!" Era tudo o que Vicky pensava enquanto o elevador do luxuoso hotel nos Jardins, bairro nobre de São Paulo, seguia para a cobertura. Ela que nunca havia se sentido mal em ambientes fechados parecia ter desenvolvido claustrofobia subitamente.

"Vá lá e termine logo com isso", dizia para si mesma, "não seja patética!"

Mas seus gestos não acompanhavam seus pensamentos. Antes que se desse conta, seu dedo estava desesperadamente apertando o botão que indicava o térreo.

Quando o elevador entoou o som que significava que havia chegado à cobertura, ela ainda não tinha desgrudado o dedo do botão, mas, por mais que o pressionasse, a porta do elevador se recusava a fechar novamente. Um segurança enorme vestido em um terno preto estendia o braço à frente da porta impedindo que ela se fechasse.

Em frente ao elevador, estava a única suíte do andar. Encostado no batente da porta aberta estava Brian, parecendo esculturalmente despojado; calça jeans, sem camisa e descalço. Os cabelos presos em um rabo de cavalo frouxo. O sorriso rasgava seu rosto.

Ela não se mexeu no elevador. Ele a puxou pelo braço para dentro da suíte e fechou a porta atrás deles. Passou os dedos pelo rosto dela, admirando-o e a beijou longamente.

Os olhos de Vicky ainda estavam fechados quando ela ouviu a voz dele sussurrando em seus ouvidos:

– Meu Deus, Vicky, como eu senti sua falta!
– Brian?

— Sim, baby?

— Acho que eu preciso sentar — disse enquanto se segurava em seu braço com o pouco da força que lhe restava.

As feições dele mudaram imediatamente. Sua reação foi rápida. Passou o braço dela sobre seu pescoço e antes que ela percebesse estava no sofá.

— Você está bem? — Estava ajoelhado na sua frente, os olhos grudados nela.

— Estou. Quer dizer, na verdade um pouco tonta. Foi o elevador, eu acho, claustrofobia — mentiu.

— Vou pegar um pouco de água para você — ele disse se afastando, depois de se certificar que ela estava devidamente acomodada no sofá.

"Com açúcar", ela pensou. Aquilo seria muito mais difícil do que tinha imaginado. Se ao menos ele não a tocasse daquele jeito ou se o sorriso dele não iluminasse tão profundamente seu rosto toda vez que ele a visse, seria mais fácil.

A suíte que ocupava todo o andar girava ao redor dela. O piano de cauda preto no meio da sala parecia que quebraria qualquer uma daquelas janelas panorâmicas que se estendiam por todo o ambiente, enchendo a sala de luz.

— Engraçado — ele disse enquanto trazia uma garrafa de água na mão —, eu não me lembro de você ter claustrofobia lá no Rio. — Estendeu a garrafa para ela e se ajoelhou de novo na sua frente enquanto acariciava seu cabelo. — Está melhor?

— Acho que eu não tinha mesmo — a frase escapou. — Brian, eu não posso fazer isso, sinto muito.

— Isso o quê? — ele estava surpreso.

— Isso — gesticulou apontando para ele e depois para ela —, eu não posso participar disso, dessa sua brincadeira, sua curiosidade, seu capricho, eu não sei que nome dar. Não se ofenda, por favor, eu simplesmente não posso.

Ele se afastou dela, pegou um cigarro no maço que estava em cima do piano, tragou duas vezes antes de responder.

— Então você acha que se trata disso? Um capricho meu?

— Eu acho que você ficou intrigado comigo. Não, não comigo, mas com o fato de não ter acontecido nada mais... — ela procurava a palavra — íntimo entre a gente. Isso deve ser raro para você.

— É, você tem razão em um ponto.

Ela se surpreendeu com a rapidez com que ele concordou e também por não ter ficado aliviada com aquilo, na verdade, parecia um pouco decepcionada.

– Bom, então estamos de acordo. Por favor, Brian, não me ligue mais. Esses encontros me perturbam um pouco e eu não quero me magoar. Tenho certeza de que você vai encontrar outras maneiras de se distrair. Eu já vou. Cuide-se – foi até ele e beijou seu rosto. Seus olhos demoraram-se nos deles mais do que ela tinha previsto. Ele permaneceu imóvel quando ela se virou.

– Espere – ele quase gritou. Um de seus pés batia no chão com agitação, mas o seu rosto permanecia calmo. – Você não quer saber em que ponto você tem razão?

– Acho que você já disse – sua voz era serena e triste.

– Não, não disse. Você tem razão em dizer que o que aconteceu entre nós foi algo raro para mim. Você não faz ideia. Realmente raro. Agora, eu não sei quanto a você, mas eu não me lembro de ter vivido uma situação mais íntima do que a que vivemos lá, ou aqui, agora mesmo, com nenhuma outra pessoa. Vicky, eu me apaixonei por você!

Agora era ela quem estava imóvel em seu caminho em direção à porta. A cabeça baixa, os olhos fixos em seus próprios pés.

– Vicky, eu me apaixonei por você! – ele repetiu já próximo dela.

Os dedos dele tocaram com suavidade seu queixo, erguendo seu rosto. Era um rosto aflito.

– Brian, isso não tem a menor possibilidade de dar certo. – Era uma constatação que a entristecia.

Ele se largou no braço do sofá, mas não antes de buscar outro cigarro.

– Ok, posso saber por quê?

– Porque você mora longe e temos vidas completamente diferentes e você está sempre cercado de seguranças e jornalistas e de drogas e bebidas – ela suspirou, tinha se esquecido de respirar enquanto falava.

– Tudo bem – ele respondeu seguro.

– Tudo bem o quê, Brian!?

– Tudo bem, nada de drogas ou bebida ou imprensa. Os seguranças, acho que não posso dispensar, para a *nossa* segurança, você sabe, mas eles são muito bons em ficar invisíveis, com o tempo você se esquece deles – ele parecia reflexivo e distante da angústia dela.

— Você mora em Los Angeles!

— Eu venho ver você. Eu tenho um avião à minha disposição, isso não é problema. Quando estiver se sentindo mais segura, pode ir pra lá também. Está tudo bem.

Ela estava irritada com a postura displicente dele. Será que ele não percebia que ela estava falando sério? E ele estava chamando-a de insegura? Ela estava ultrajada! Resolveu jogar a sua última carta.

— E eu não vou transar com você! – ela disse num tom desafiador.

As sobrancelhas dele se uniram e ele se levantou. Foi até o piano e começou a brincar com as teclas, entoando notas sem sentido. Quando a olhou, a expressão dela era furiosa. Pôde perceber que ela falava sério.

— Você é realmente impossível, sabia? — era mais uma manifestação de carinho do que uma queixa de verdade.

— Mais do que você imagina! – ela desafiou novamente.

— Eu espero – ele disse tranquilamente.

— Você o quê!? – ela estava incrédula.

— Eu espero por você. Acho que é justo que seja cautelosa, mas não precisa ter tanto medo. De qualquer forma, eu posso esperar. Vai acontecer a qualquer momento mesmo.

Por alguma razão que ele desconhecia ela ainda estava com raiva.

— Você é muito arrogante, sabia?

— Eu só não estou tentando negar o que está acontecendo entre a gente, Vicky. Acho que eu não conseguiria... Hey, não fique brava comigo, ok? Eu também tive medo, mas acho que a gente não tem escolha, vamos ter que esperar e ver o que vai acontecer conosco. Venha aqui – pediu.

Ele a colocou em seu colo e a envolveu com seus braços. Ela sentiu que ali era o lugar mais seguro do mundo.

— Eu adoro seu jeito, sabia? Você fica irresistível brava assim – ele sorria. – Mais alguma regra para mim, senhorita Vitória?

— Por enquanto é só – disse enquanto ajeitava a cabeça em seu peito.

Vicky não se lembrava se tinha dormido, ou por quanto tempo, sentia apenas uma terrível dor no pescoço. Tentou se levantar sem acordar Brian, mas não conseguiu se mexer. Notou que o dia estava amanhecendo. Seu coração disparou de ansiedade. Quanto tempo ficou ali? Prometeu a si mesma que não perderia mais aulas. Já estava exagerando em sua irresponsabilidade. Foi se desvencilhando do corpo dele com o maior cuidado possível para não acordá-lo. Num momento estava praticamente fora do sofá e no momento seguinte de volta a ele, sobre Brian.

– Onde você pensa que vai? – ele disse contendo-a em seus braços e rindo.

– Brian, você me assustou! Você não estava dormindo? Vou para a aula.

– Mas, Vicky, não são seis horas!

– E você acha que minhas aulas começam a que horas? Sete e meia eu tenho que estar sentada na sala. Tenho que correr.

– Tá bom, vou pedir o café enquanto você toma banho.

– Eu vou para casa, não trouxe roupa.

– Eu mando comprar.

– Você é louco – constatou. – Tchau, eu volto para almoçar com você.

– Espera, vou mandar o motorista levar você. Que horas quer que ele a pegue na faculdade?

– Me levar e me pegar na faculdade? O motorista? Com aquele carro discreto que você arrumou? Bem fácil de explicar, né? Esquece, eu vou de táxi.

– Você não vai de táxi sozinha a essa hora!

– Brian, eu sempre ando de táxi sozinha. De táxi, de ônibus, a pé...

– Ok, não quero interferir na sua rotina. Um segurança vai acompanhar você.

– Um o quê!? Você está brincando, né? – ela perguntou indignada.

– Claro que estou – respondeu sem conseguir ser convincente.

Ela se preocupou com o fato de ele parecer tão superprotetor, quase possessivo em relação a ela, mas não tinha tempo para isso e decidiu ir logo e esquecer o assunto.

A manhã na faculdade passou arrastada. Sua cabeça estava naquele quarto de hotel. Surreal, ela pensava, tudo muito surreal.

No intervalo entre as aulas, ela e Mônica foram para a lanchonete tomar café. Verô e Ítalo já estavam esperando.

Ela se juntou ao grupo com o olhar distante.

– Você está procurando alguma coisa, Vicky? – perguntou Mônica.

— Eu? Não! É só um pouco de torcicolo – disfarçou. – Acho que acordei assim. Está me incomodando um pouco.

"Nenhum segurança por perto", pensava, "acho que estou ficando louca."

— Você vai comigo à escola hoje à tarde, Vicky? – Ítalo perguntou.

— À escola?

— É, lembra que eu prometi apresentar você para a diretora? Você disse que gostaria de dar aulas lá como professora substituta.

Ela tinha se esquecido completamente.

— Desculpe, Ítalo, eu me esqueci. Essa semana vai ser difícil. Estou com um amigo de fora e estou meio que por conta dele. Podemos ir na semana que vem?

Vicky notou uma decepção despropositada na expressão dele. Não queria pensar sobre isso, mas sentia que Ítalo tinha mais interesse por ela do que ela gostaria. Não queria magoá-lo.

— Amigo, é? Sei! – debochou Mônica. – É por isso que você está tão aérea.

— Deixe ela em paz, Mônica, que coisa mais chata! – Verô com sua doçura característica intercedeu por Vicky.

Já era tarde demais, todos notaram o rubor em seu rosto.

Para sua sorte, já era hora de voltar para a sala de aula. Vicky fingiu estar muito interessada no texto e buscava discuti-lo polemicamente com Mônica a fim de distraí-la. A estratégia deu certo e o tempo passou mais rápido na segunda metade da manhã.

Na hora do almoço, ela já estava de volta ao hotel.

Quando entrou na suíte, Brian estava tocando piano, uma melodia doce, entrecortada por anotações que fazia em um caderno. Ela ficou em silêncio, admirando-o.

— É linda – disse, quando ele notou sua presença.

— Senta aqui comigo – convidou. – Ainda não está muito clara, mas que bom que gostou. Eu estou compondo para você.

A emoção chegou aos olhos de Vicky e eles se encheram de lágrimas. Como era possível gostar tanto de alguém? Alguém que mal conhecia? Toda vez que achava que já tinha dimensão do que sentia por Brian ele a surpreendia. Não estava nem perto de saber, concluiu.

— É mesmo linda, obrigada. Onde você aprendeu a tocar *assim*? – perguntou com admiração.

— Você *realmente* não sabe nada sobre mim, não é? – disse, voltando-se para ela e esquecendo-se do piano.

— Isso incomoda você?

— Não, na verdade, é outra coisa que adoro em você. Você parece não ter nenhuma ideia de quem fui, ou expectativa com o que acha que sou. Eu me sinto tão real quando estou com você. Me sinto livre para descobrir coisas sobre mim que eu também não sabia, coisas que ficavam encobertas por uma ideia que tinha de mim mesmo, pela minha história, entende?

Ela não respondeu, mas ele sentia que ela podia entender.

Já há algum tempo ela havia notado que o encontro entre eles despertava nela descobertas e transformações das quais ela nunca havia suspeitado.

— Eu aprendi sozinho – continuou –, música foi a única coisa que tive na vida por muito tempo. Eu tive uma infância... complicada. Minha mãe casou-se de novo quando eu era muito pequeno, não me lembro do meu pai, mas ela dizia que era ainda pior do que meu padrasto. Taí, isso é algo que não posso imaginar – ele sorriu, mas foi o sorriso mais triste que Vicky já tinha visto em toda sua vida –, a igreja era o único lugar que podíamos frequentar, a única distração que tínhamos, lá, no coral, conheci a música, era para onde fugia quando queria escapar daquele inferno.

— Mas e sua mãe?

— Assustada demais. Morta demais para fazer alguma diferença. Acredite em mim, Vicky, você não vai querer ouvir essa história.

Ela não queria. Não queria ver aquela tristeza nos olhos dele de novo, nem aquele desamparo que fez com que ela desejasse colocá-lo em seu colo e prometer que nada de mal lhe aconteceria de novo, que cuidaria dele. Ela o abraçou, contendo-o junto ao seu corpo.

— Tenho uma surpresa para você – ele disse já com o entusiasmo de volta na voz.

— Surpresa para mim? – perguntou radiante ao notar a alegria dele de volta.

— Vem – ele respondeu, puxando-a pelo braço.

Eles deixaram a suíte e subiram um lance de escadas. Um helicóptero azul e branco esperava por eles. Assim que viu Brian, o piloto desceu da cabine para recebê-los.

Brian, fascinado por sua própria ideia, conduzia Vicky como se estivesse dançando; ela não sabia para onde ele a estava levando, mas seguia seus passos. Só conseguiu falar quando estavam levantando voo.

– Isso foi realmente uma surpresa. Para onde vamos?

– Bom, eu queria conhecer tudo sobre você, então pensei em ir até sua casa, a faculdade, sua casa em Campinas. Achei que você não ia achar uma boa ideia, já que achou o carro pouco discreto, então...

– Ah, você tem razão, um helicóptero é realmente muito mais discreto do que um carro importado – ironizou.

Eles cumpriram todo o roteiro de Brian. Passaram pela Avenida Paulista e pelo parque do Ibirapuera, que ela queria que ele conhecesse, e seguiram para a USP. Vicky mostrou o prédio da Filosofia, o bar onde toma café com os amigos, o restaurante do campus em que almoça. Em Campinas, a casa dos pais, a da avó, a rua onde brincava quando criança, o colégio em que estudou. O piloto, experiente, ia adaptando o roteiro a cada detalhe que ela queria mostrar a Brian. Ela estava adorando compartilhar suas coisas com ele, que se encantava com o entusiasmo dela e ouvia tudo atentamente enquanto a mantinha envolvida em seus braços.

♪♪♪♪♪♪

Nos dois meses que se seguiram Vicky e Brian se encontraram na mesma suíte duas ou três vezes por mês, de acordo com a agenda dele. Eles se falavam todos os dias por telefone, sempre mais do que uma vez por dia e ficavam contando as horas para se encontrarem de novo. Sempre que vinha, Brian ficava apenas dois ou três dias, e já era mais do que podia. O álbum novo estava atrasado e a mídia noticiava cancelamentos frequentes de shows.

Vicky ia para o hotel sempre depois da faculdade e, contrariando sua promessa, faltou em muitas das aulas da tarde e também em algumas da manhã.

Era como se o mundo não existisse fora daquele quarto de hotel. Eles passavam horas conversando. Brian tocava, compunha e desenhava para ela. Vicky mostrava para ele os discos dos seus compositores e intérpretes preferidos e ele também apresentava para ela alguns dos clássicos do rock, que ela rapidamente aprendeu a apreciar. Ambos eram loucos por cinema. Assistiam juntos na suíte a filmes que ainda iriam estrear, graças aos amigos de Brian que trabalhavam na indústria cinematográfica, e reviam também os preferidos de cada um deles. Nos intervalos entre todas essas coisas namoravam muito e paradoxalmente. Era um namoro apaixonado, mas reticente, marcado pelo medo dela de se entregar.

Vicky nunca ficava à noite, sempre voltava para dormir em casa e Brian se irritava com o fato dela passar as noites com Carol e não com ele, mas tentava não demonstrar. Ele tinha uma estratégia; ia abrindo espaço aos poucos, sentindo os limites dela, tentando respeitá-los e ganhar sua confiança. Ela não tinha dito explicitamente, mas ele sabia que seria o seu primeiro homem e por isso era tão paciente. Ele era delicado, carinhoso e, como era de se esperar, ela foi se entregando e a intimidade entre eles crescia exponencialmente.

Tinham acabado de comer, a sala da suíte estava iluminada pelas luzes da cidade e pelas velas da mesa do jantar. No rádio, começou a tocar uma das músicas preferidas de Vicky e ela o convidou para dançar. Seus corpos mal haviam se juntado e ela sentiu seu coração disparar, entrando no mesmo compasso do dele. Ele a olhou apaixonado e algo no olhar dela denunciou: ela estava entregue. Ele a conduziu até a cama e tirou a roupa dela lentamente, tocando cada parte desnuda do seu corpo com as pontas dos dedos, com os lábios e depois interrompendo o toque para admirá-la e se excitar ainda mais com as reações que provocava nela.

Lágrimas de emoção romperam no rosto dela.

– Brian, não, por favor, não hoje – disse enquanto se afastava e se enrolava no lençol.

Ele respirou fundo, mas foram precisos alguns segundos até sua respiração voltasse ao normal. Estava confuso. Vicky lutava contra as lágrimas silenciosas que insistiam em escorrer pelo seu rosto.

– Qual o problema, meu amor? – perguntou com suavidade enquanto a abraçava.

– Eu não quero falar, você vai me achar uma idiota – disse envergonhada.

– Vicky – ele sorria e a abraçava ainda mais forte –, eu não acho você idiota. Acho você linda. Eu sei que vai ser sua primeira vez. Está tudo bem. Você não precisa ter medo. Você ainda não percebeu que eu amo você?

Era a primeira vez que ele dizia. As palavras ecoavam em seus ouvidos e encontravam ressonância dentro dela. Ela também o amava, já não podia negar.

— Não é só isso – disse, sentindo o sangue ferver em seu rosto e tornando-o rubro –, por favor, não ria de mim. É que você vai embora daqui a poucas horas e acho que não vou suportar ficar sem você depois disso. Podemos deixar para a próxima vez que vier? Eu quero pelo menos acordar ao seu lado...

Brian não estava rindo, ao contrário, sua expressão assumiu um ar de seriedade.

— Case comigo.

— O quê? – ela gritou surpresa.

— Case comigo, Vicky. Eu também não suporto mais acordar sem você.

Ela o empurrou para tirá-lo de sua frente. Pegou suas roupas, que ainda estavam jogadas pelo chão do quarto e seguiu enrolada no lençol para a sala. Ele a seguiu surpreso, mas ela não disse nenhuma palavra enquanto colocava a roupa furiosamente de costas para ele.

— Muito bem! Você pode me dizer o que está acontecendo aqui? Eu peço você em casamento e você me bate? E agora, aonde vai com essa pressa?

— Embora – respondeu determinada.

— Embora? Você vai embora? Eu pedi você em casamento! Você tem que responder antes de ir embora, sabia? – agora *ele* estava furioso.

— Ah é? E quantas esposas você pretende colecionar até fazer trinta anos, hein, Brian?

— Do que você está falando? Você é louca!?

— Eu estou falando da Annie! Você *acabou* de assinar os papéis do divórcio. Quanto tempo durou seu casamento? Dois meses, não foi?

— Vicky, eu não acredito que você quer falar sobre meu casamento com Annie agora. Aquilo foi totalmente diferente.

— Diferente? Claro que sim. Deve ter sido muito diferente mesmo – debochou.

— Foi diferente. Eu não a amava mais. Para falar a verdade, acho que nunca a amei. Agora sei disso porque sei que amo *você*.

— Ah! Isso foi muito esclarecedor. Você viveu com uma mulher por quase dez anos, não tinha certeza se a amava ou não e aí, quando finalmente decidiu que não a amava a pediu em casamento para cancelar em seguida. Bravo! – aplaudiu.

— Eu estava confuso. Eu não a amava, mas achei que devia me casar. Foi isso. Era o certo a fazer.
— O certo!?
— É, o certo. Ela estava grávida, Vicky. Estava esperando um filho meu.

Vicky decidiu se sentar. Não esperava por aquilo. Permaneceu em silêncio, observando Brian fumar. Quando teve coragem de falar novamente, quase não pôde ouvir o som da sua própria voz:
— E o bebê?
— Ela perdeu – respondeu sem olhar para ela.

Vicky fechou os olhos e mordeu os lábios quando ouviu a resposta. Era como se tivesse sido nocauteada.
— Eu sinto muito, *de verdade*, sinto mesmo – disse angustiada.
— Eu sei – ele respondeu –, eu também senti.

Ela se sentou perto dele, mas não sabia como abordá-lo naquela dor tão particular que espiava de um lugar tão desprivilegiado. Era a namorada atual dele, devia ser um alívio para ela que ele não tivesse filhos de outros relacionamentos, e era, mas ao mesmo tempo lamentava verdadeira e profundamente que ele tivesse passado por aquilo. Não suportava vê-lo sofrendo.
— Me desculpe por ter tocado nesse assunto. Eu não queria ser invasiva. Não vamos mais falar sobre isso.
— Não. Eu quero falar. Quando eu conheci a Annie nós éramos muito jovens. Ela estava tendo problemas em casa por causa de drogas e eu a convidei para morar comigo. A gente se virava como podia, eu tinha fugido de casa há poucos anos e vivíamos em um quarto. Passávamos a maior parte do tempo transando chapados. Era uma época em que não tínhamos nada, então tínhamos um ao outro e isso era alguma coisa. Ela gostava da minha música, das mesmas drogas que eu e o sexo era bom. Parece loucura, mas acho que vivemos anos assim. Não acho que isso seja algo que alguém como você possa entender.

Ele a olhou e ela sinalizou que estava acompanhando, ou pelo menos tentava.
— Enfim – ele continuou –, coisas aconteceram e o Fears foi crescendo. Eu quis mantê-la, achei que devia isso a ela, mas a gente foi se afastando. Tinha as turnês, eu ficava muito fora, dormia com muitas mulheres, podia ter o que quisesse, a hora que quisesse e eu queria sempre mais. Foi uma época muito destrutiva para mim.

Nós nos maltratamos muito. Eu em especial a maltratei muito, você ficaria chocada. Hoje eu fico triste quando penso nisso. Quando ela me disse que estava grávida, eu achei que podia ser um recomeço para a gente. Eu sempre quis ter uma família, acho que porque nunca tive uma de verdade. Foi quando nos casamos. Decidi parar com as drogas e insisti para ela fazer o mesmo.

— Vocês estavam usando drogas com ela grávida!? – a pergunta escapou e ela se arrependeu do tom com que perguntou assim que se ouviu.

— Eu sei. Por isso me sinto tão mal. Paramos quando conseguimos, mas eu continuava viajando e quando ela perdeu o bebê eu nem estava por perto. Ela pirou, voltou a usar coisas pesadas. Eu queria ajudá-la, sentia muita culpa, mas aí veio a história com o Joseph e o resto você já sabe. Eu não a amava, mas estava muito triste com todo o nosso fracasso, com o fracasso que era a minha vida. Foi quando eu conheci você.

Vicky estava com os olhos fixos em Brian, mas sua expressão era distante, contemplativa.

— Eu assustei você com essa história, não foi? – ele perguntou se aproximando dela, segurou suas mãos com força, mas não a olhou nos olhos.

— Não – ela respondeu pensativa –, na verdade, eu estava pensando algo completamente diferente. É estranho ouvir você contar algo assim. Essa história de alienação, violência. Parece com as coisas que a gente lê sobre você nos jornais, ou ouve dizer na TV, mas não combina com *você*, entende? Quando eu olho para você, eu o vejo tão inteiro, cheio de cicatrizes, é verdade, mas inteiro. Vejo tantas coisas boas em você.

— Esse é o efeito que você tem sobre mim. Você desperta o que há de melhor em mim, me faz desejar ser uma pessoa melhor. Vicky, volte comigo para Los Angeles hoje, case comigo, eu quero construir uma vida nova ao seu lado!

"Sim", ela pensava, "sim, Brian, eu amo você!", gritavam as palavras dentro dela tão alto que tinha certeza de que ele podia ouvi-las.

— Brian, eu não posso – foi o que seus lábios mal conseguiram sussurrar.

— E por que não? – ele estava desolado.

— Porque eu estou tentando manter os meus pés no chão e

tenho que confessar que está bem difícil – suspirou –, eu só tenho dezoito anos, estou começando a faculdade, tem a minha família... E você é tão impulsivo. Não é razoável me pedir para largar tudo e ir embora com você *hoje*.

– Não precisa ser hoje. Acho que posso esperar até o fim da semana – ele brincou.

– Eu estou falando sério!

– Eu também. Tudo bem, eu sou impulsivo, mas desta vez não é isso. Eu nunca tive tanta certeza de algo em toda minha vida. Quando eu vi você, encontrei algo que nem sabia que estava procurando. Eu *sei* que quero passar o resto da minha vida com você.

– O resto da sua vida é provavelmente tempo demais. Como você pode saber disso?

– Como você sabe?

– O quê?

– Que me ama, que quer passar a sua vida toda comigo?

Aquilo era covardia. Ele a pegou completamente desprevenida. E como ele podia saber? Ela nunca tinha dito que o amava. Nem tinha pensado sobre passar a vida toda com ele. Pelo menos tinha tentado não pensar. Era verdade que algumas vezes tentou banir o pensamento de que não conseguiria mais viver sem ele, mas não era a mesma coisa. Ou era? Foi tomada de angústia quando se deu conta de que talvez fosse. Nada daquilo fazia sentido, ou tinha lógica, mas era uma verdade que de alguma forma transpirava por todos os seus poros. Pulsava tão intensamente pelo seu corpo que parecia que sua pele iria se romper, que seu corpo era pouco para conter tudo o que ela tentava silenciar.

Ela o olhou, angustiada e envergonhada por ter que admitir.

– Eu não sei, eu sinto – respondeu.

– Eu também... simplesmente sei.

Ele esperava com expectativa, não ia desistir, ainda queria uma resposta.

– A gente pode esperar eu me formar? – arriscou timidamente.

Queria ganhar tempo. Passou a vida toda vendo sua mãe em um casamento infeliz. Sem grandes conflitos, mas sem paixão, que se mantinha arrastado até hoje. Estela se casou muito cedo, logo que terminou o colégio. Rubens, o pai de Vicky, era muito mais velho que ela e, no começo, o que era sentido como proteção, logo se tornou prisão. Quando eles voltaram da lua de mel ela já estava grávida e teve seus planos de estudar e ter uma carreira interrompidos. Era verdade que ela nunca reclamava, mas Vicky podia sentir em sua mãe a saudade da juventude que não teve. Estela sempre dizia para a filha que ela deveria estudar, ter uma carreira, sua independência. Não era preciso dizer. Vicky já tinha prometido a si mesma que não repetiria a história da mãe.

Seu devaneio foi interrompido por Brian, incrédulo:

— Vicky, como é que vamos viver assim quatro anos!? Você nem quer assumir publicamente a nossa relação. A gente se encontra aqui escondido. Isso é algo que eu não posso entender — ele andava de um lado para o outro como um bicho enjaulado —, no começo, tudo bem, você estava insegura. Mas agora? Que sentido isso tem?

O começo foi três meses atrás. Era o que ela teve vontade de responder, mas sabia que era uma resposta boba, o tempo era insignificante para eles, o que se passava *dentro* deles tinha seu próprio tempo.

— Brian — ela respirou fundo antes de continuar —, você imagina o que seria da minha vida se eu assumisse publicamente nossa relação? Provavelmente, eu não conseguiria mais estudar com todos aqueles adolescentes da faculdade me cercando, querendo saber de você. Também não conseguiria mais andar na rua sem ser escoltada. Meu pai, que já tem certa idade, enfartaria com certeza. Você me imagina chegando na casa dos meus pais e dizendo: "Papai, mamãe, vocês não sabem, mas há aproximadamente três meses eu fui ao Rio Concert e conheci o Brian Blue, assim por acaso, ele primeiro meio que tropeçou em mim e depois vomitou em mim e para resumir a história descobri que ele é o homem da minha vida, portanto estou indo para Los Angeles para me casar com ele. A propósito, Brian Blue é aquele roqueiro, líder do Fears, que às vezes aparece nas colunas policiais, mas não se preocupem porque agora que ele descobriu que me ama é um doce de pessoa."

Vicky encenava a conversa com seus pais para Brian, mas ele não achava graça. Ela pôde notar pelo jeito que franzia a testa, cerrando os olhos com raiva.

— Brian, eu não estou tentando ser engraçada, mas a situação já seria bem difícil se você não fosse Brian Blue.

Eles ficaram em silêncio. Ela não queria magoá-lo, mas como dizer as coisas que estava pensando com suavidade?

– Brian?

– Sim? – ele estava longe.

– Eu preciso dizer isso a você. Por favor, tente entender. Eu amo você, mas eu não sei se poderia viver a sua vida – ela achou que iria se despedaçar ao dizer aquelas palavras, mas continuou, precisava dizer. – Eu fico vendo o jeito que vive: trancado em hotéis, na própria casa, de país em país conhecendo as cidades pelas janelas do avião, dos quartos, dos carros, sempre escoltado. Você vive cercado de gente e está sempre tão sozinho. Eu não sei se poderia viver assim. E eu sei que se quisesse ficar com você teria que acompanhar você. Eu seria a esposa, namorada ou acompanhante de Brian Blue, mais nada. Eu não sei se posso fazer isso com a minha vida, apesar de querer muito, de achar que só você me bastaria e que eu não precisaria de mais nada.

Vicky estava chorando. Ele a abraçou emocionado. Claro que podia entender o dilema dela, era o dele também. Este era o paradoxo de sua vida; ele era tudo o que queria ser, mas o que era o impedia de ser quem era.

– Vicky – ele disse enquanto enxugava as lágrimas dela –, eu vou deixar a banda.

Ela o olhou assustada, a adrenalina a fez despertar de toda a tristeza que sentia.

– Eu não pediria isso a você. Música é a sua vida – disse aflita.

– Você é minha vida agora. E não é só isso. Você tem razão, eu estou tão cansado de andar por aí, pulando de palco em palco, entretendo gente. Claro que não poderia fazer isso de uma hora para outra, eu tenho contratos para cumprir até o final do ano que vem. Também me manteria trabalhando com música de alguma forma, mas acho que a gente pode dar um jeito, me escute.

Brian tinha elaborado um plano. Vicky não sabia se era algo que ele tinha pensado naquele momento ou se já vinha pensando sobre isso, mas o ouvia atentamente.

Ele precisava fazer a turnê de dois anos. Era cada vez mais difícil passar tanto tempo no Brasil. Não conseguia terminar o álbum, porque sempre queria modificar algumas composições, tirar umas, incluir outras. Sua relação com Vicky o inspirava a compor e ele precisava incluir as composições novas. Precisava ser honesto com seu trabalho ou não poderia cantar. Não cantaria coisas que não faziam mais sentido, não em um álbum novo. Ou pelo menos algumas das composições deveriam fazer sentido com seu momento de vida atual. Seriam as canções em que trabalharia para a divulgação do disco.

Essa seria a primeira parte que exigiria um esforço de Vicky. Ele precisava que ela viajasse com ele para Los Angeles, para ele poder terminar o novo trabalho, preparar os vídeos, entrevistas, toda a divulgação e também que o acompanhasse pela turnê. Ele sugeriu que ela fizesse isso enquanto cursava faculdade no Brasil. Teria que faltar a algumas aulas, mas a Mônica poderia assinar as listas de presença. Ele contava com o talento dela para que não perdesse o ano. A relação deles passaria o restante daquele ano incógnita, já que isso era importante para ela.

No ano seguinte – Brian propôs –, ela se mudaria para Los Angeles. Diria a seus pais que ganhou uma bolsa para estudar fora. Era excelente aluna, ninguém desconfiaria. Ele, que conhecia pessoas influentes em todos os lugares, conseguiria sua transferência para a UCLA com facilidade, assim como todos os documentos de que precisasse, quer para ela morar fora, quer para enganar seus pais. Ela moraria com ele em Beverly Hills, estudaria na UCLA e o acompanharia, quando pudesse, pela turnê.

Ele manteria um pequeno apartamento próximo à universidade para que ela recebesse seus pais e amigos, com exceção de Carol, que, é claro, seria recebida na casa deles de verdade.

Assim que cumprisse os contratos, deixaria a banda. Era algo que já anunciaria, assim que aterrissasse na Califórnia. Ele ajudaria a encontrar outro vocalista para o Fears. Poderia cantar eventualmente com eles, em shows especiais, sem nenhuma obrigação contratual. Trabalharia como produtor musical, executivo da indústria, ainda poderia compor para o Fears. Qualquer coisa que permitisse que ele trabalhasse com música, mas o mantivesse longe dos holofotes. Então, depois de uns meses, quando a imprensa se esquecesse um pouco dele, seria apresentado aos pais de Vicky, não mais como um rock star, mas como um executivo, alguém que Vicky conheceu enquanto estudava fora. Esperariam mais alguns meses para forjar um namoro e se casariam até o final do ano seguinte. Ela já teria vinte e um anos, ninguém poderia culpá-la por querer se casar. A imprensa só seria comunicada após o casamento. De qualquer forma, até lá, esperava ele, um ano longe dos palcos esfriaria o interesse deles por ele e por Vicky. Poderiam ter a vida mais próxima da normalidade que ele poderia oferecer a ela. Esse era o seu plano. Era o melhor que podia fazer.

— E então? – perguntou.
— Parece que pode dar certo – ela respondeu pensativa.
— Você não parece muito animada – ele constatou triste.
— É que eu estou apavorada – ela confessou.
— Vicky, a gente perdeu a noção do tempo. Eu tenho que ir embora. Meu Deus, como detesto isso! – ele reclamou antes de retomar a conversa. – Acho que você precisa de um tempo sozinha, para pensar. Daqui a três semanas é Páscoa. Eu sei que você pode passar a semana do feriado comigo, isso não vai atrapalhar sua faculdade. Eu vou esperar você em casa, na *nossa* casa, se você quiser vir comigo. Agora eu vou chamar um táxi para você. Preciso arrumar minhas coisas e acho que também preciso ficar um pouco sozinho. Eu não vou ligar para você. Me ligue quando tiver decidido, eu vou estar esperando.

Ele a conduziu até a porta da suíte, a cabeça baixa. Não a beijou e nem abraçou como sempre fazia e isso quebrou o seu coração.

Ela não esperou pelo táxi; era muito tarde, mas ela não se importou com isso e nem com o fato de estar chovendo, precisava andar.

Enquanto caminhava, repassava toda a conversa que tinha tido com ele, tudo o que tinham vivido naqueles meses tão intensos, pensou também em seus pais, em seus amigos e nas escolhas que tinha feito até então. Seus pensamentos voltaram-se novamente para Brian, para a recente despedida que tiveram, tão diferente das outras. "Não era isso que queria, não queria se distanciar dele. O que estava fazendo?" pensou. "Não queria mais viver com medo."

Não sabia quanto tempo tinha caminhado, nem se daria tempo, mas correu o máximo que pôde.

Quando a porta do elevador se abriu, Brian estava no corredor. O motorista carregava sua mala e o segurança estava logo atrás. Seus olhos se iluminaram quando viram Vicky, exausta de tanto correr, ensopada pela chuva.

Ela pulou nos braços dele e ele a abraçou como se o mundo fosse acabar naquele abraço.

— Eu vou passar a Páscoa com você. E vou morar com você o ano que vem. E depois vou passar o resto da minha vida com você. Eu amo você!

Inferno na cidade dos anjos

Era a primeira vez que Vicky viajava na primeira classe.

"Não se acostume", repetia para si mesma enquanto se arrumava para o desembarque, "essa não é sua vida." Depois sorriu e decidiu ser complacente consigo mesma: "Não é sua vida até o próximo ano, pelo menos."

Como de costume, os passageiros da primeira classe foram desembarcados primeiro e encaminhados para o saguão. Era para onde ela seguia quando foi interrompida por um dos comissários que pediu sua bolsa, seu recibo de embarque e passaporte.

Ela ficou assustada e constrangida, podia sentir os outros passageiros olhando em sua direção com desconfiança. Essa foi uma sensação que a acompanhou no início da viagem. O que alguém como ela fazia no meio daqueles endinheirados? Depois, decidiu não dar importância a sua própria paranoia e aproveitou o voo, mas, agora, aquela situação fez com que constatasse que realmente não pertencia àquele lugar e que alguém a havia descoberto. Momentaneamente enlouquecida pelas próprias fantasias, não hesitou em obedecer. Entregou tudo ao comissário, que, educadamente, agradeceu e perguntou se ela queria beber alguma coisa enquanto esperava. Só o que conseguiu foi sacudir a cabeça negativamente. Esperar pelo quê? Tremeu ao pensar que seria deportada. Minutos que pareciam horas haviam se passado quando notou o comissário de volta. Ele indicou para que ela o seguisse e fizeram um caminho diferente dos outros passageiros, desceram em vez de irem para o desembarque. Ele ia à frente, mostrando o crachá e abrindo o caminho, ela apenas o seguia, apavorada. Ele ainda não tinha devolvido sua bolsa.

Não andaram muito. Estavam na pista novamente e seguiram para um hangar que estaria vazio se não fosse pela limusine branca de vidros pretos.

O comissário entregou a bolsa dela para o motorista e desejou uma ótima estadia. Assim que ele se virou, a porta de trás do carro se abriu, surpreendendo até o motorista que não teve tempo para fazer seu trabalho. Vicky já estava dentro do carro e a porta fechada a sua frente.

– Você quase me matou de susto! – disse quando finalmente conseguiu sair de debaixo de Brian.

Não que estivesse tentando com muita ênfase. Poderia passar o dia inteiro ali, trocando beijos apaixonados, o peso do corpo dele sobre o dela.

Ele riu. Estava radiante.

– Mas eu disse que mandaria buscar você. O que você esperava? Alguém no saguão do desembarque segurando uma placa com o seu nome?

– Algo assim – ela admitiu.

– Vamos para casa? – disse enquanto acariciava seu cabelo.

– Eu tenho que pegar minha mala, esqueceu?

– Já está no carro.

– Ah! De qualquer forma – disse pensativa –, eu não deveria passar pela imigração?

– Não se preocupe, seus documentos já foram vistos e carimbados. Estão na sua bolsa. O presidente é fã do Fears. Nós não íamos fazer você passar pela imigração, não é? Você está em casa agora.

– Fã do Fears? Claro! Quem não é?

– Eu mandaria o avião da banda buscar você, mas achei mais fácil assim. Você não se incomodou, não é?

Ela riu. Suas preocupações do início da viagem eram descabidas. Não precisava se preocupar em não se acostumar com aquilo. Não se acostumaria nunca, foi o que concluiu. Não conseguia acreditar que ele realmente estivesse preso àquele dilema. Mandar um avião inteiro só para ela ou optar por uma passagem na primeira classe de um avião comercial. "Bem difícil de decidir", pensou, e riu da própria ironia.

Estavam distraídos um com o outro, trocando carinhos, matando a saudade, quando ele anunciou eufórico:

– Estamos em casa!

Vicky mal teve tempo para ver a fachada; uma mansão neoclássica, muros cor de areia contrastavam com os enormes portões pretos que se abriram assim que o carro se aproximou. Através dos muros só se via o telhado e parte das amplas janelas do segundo andar.

Ao contrário do que parecia do lado de fora, não tinha um jardim muito grande na frente e, logo que entraram, ela pôde ver a enorme porta, cercada por detalhes em vidro, aberta e uma mulher correndo ao encontro do carro, seguida por duas empregadas uniformizadas.

— Muito bem-vinda, Vicky, nós estávamos ansiosos por sua chegada! – disse a mulher com um sotaque estranho.

— Essa é Júlia, Vicky. Ela me ajuda com todas as questões da casa – Brian explicou.

Vicky gostou de Júlia assim que a viu. Era uma mulher de aproximadamente quarenta e cinco anos, estava um pouco acima do peso, mas definitivamente tinha traços bonitos. Era alguém que não passaria em branco quando jovem. Era chilena, trabalhava com Brian há alguns meses como governanta, apesar dele já conhecê-la há alguns anos, quando ela trabalhava na casa de amigos dele. Ela era muito mais do que governanta ou assessora pessoal, como ele costumava chamá-la; era uma amiga para ele, alguém em quem ele podia confiar.

Brian seguia na frente, puxando Vicky pelo braço como sempre. Desta vez, era particularmente difícil acompanhar o seu ritmo. Estava tão feliz que ia praticamente saltando pelo caminho. Corria como se estivesse em cima do palco de algum dos shows mais animados do Fears. Vicky, sem o mesmo preparo físico, era arrastada atrás, seguida por Júlia, as empregadas e o motorista com a mala.

Quando entrou, Vicky ficou um pouco decepcionada. Não é que fosse uma casa de mau gosto, mas havia uma displicência com a decoração que não combinava com o glamour do bairro. A sala era toda recortada, então não se podia ter uma ideia geral do ambiente. E não era só o fato da sala ser recortada, os ambientes não conversavam entre si, não havia uma integração entre eles proporcionada pela decoração, que era escassa, deixando muitos espaços vazios. Ela teve uma sensação estranha ao entrar ali; era uma casa, não um lar.

— Espero que não repare por não termos preparado nada em especial para você – disse Júlia. – Na verdade, tentamos várias coisas, mas nada parecia ser suficientemente bom. Primeiro, enchemos a casa com orquídeas, mas Brian lembrou que você não gosta de flores longe do jardim, então tiramos todas. Depois, nós iluminamos todo o jardim com tochas, mas quando descobri que seu voo chegava pela manhã despersuadi Brian da ideia. Ele estava tão eufórico com sua chegada que colocou todos loucos por aqui. Acabou com nossa criatividade. Por fim, deixamos as coisas como elas são, ou quase – disse apontando para a parede do quarto dele.

– Está bem, obrigado – ele disse para a pequena comitiva que os acompanhou até o quarto, dirigindo um olhar para Júlia que quase a fulminou –, vocês podem deixar a gente agora.

– Mais uma vez bem-vinda, Vicky! – Júlia a abraçou sorrindo, sem se importar por ter denunciado Brian.

O quarto não era diferente do resto da casa, muito espaço vazio, preenchido apenas por uma cama enorme em frente à janela, dois criados mudos e o closet.

"Casa de homem sozinho", ela pensou.

– Vocês estão reformando a casa? – ela perguntou, olhando para a parede que Júlia tinha apontado.

– Na verdade, eu comecei há três semanas, mas desisti, já que vamos mudar.

– Você vai se mudar? Comprou essa casa há tão pouco tempo.

– Mas não é uma casa que projetei para a gente. Fiquei apavorado quando notei que não tinha espaço para você colocar suas coisas no closet. Não queria que elas ficassem no quarto de hóspedes, então decidi derrubar essa parede para poder fazer um closet para você. Fiz Júlia encontrar alguém para começar a obra no mesmo dia em que cheguei de São Paulo, mas estava tudo demorando tanto. Eu mesmo cheguei a ajudar os pedreiros, para derrubar logo, estava ansioso, mas parece que passa um cano em algum lugar e tivemos que parar. Ficou assim, esse buraco entre os quartos.

– Brian, eu não posso acreditar – ela estava rindo –, você quase inundou a casa, tentando quebrar pessoalmente uma parede só porque eu vinha para cá!? Você é mesmo louco, não é? – disse com humor.

– Mas, veja, pode colocar suas coisas aqui, eu joguei algumas das minhas fora para você ter espaço. – Ele apontou para um closet cinquenta por cento vazio. Ela sentiu um calafrio. – De qualquer forma, assim que estiver pronta e se não estiver cansada, eu tenho uma surpresa para você.

— Hum, mais uma surpresa para mim — ela disse enquanto envolvia seus braços em torno do pescoço dele.

— Nossa nova casa. Perto da praia, mais privacidade para a gente e com mais espaço para as crianças. É só o tempo de reformá-la. O arquiteto já está esperando por nós lá. Se bem que eu já adiantei boa parte dos desenhos e ideias. É claro que você precisa ver. Vamos até meu estúdio, lá embaixo, depois a gente já segue para a casa — ele disse com um sorriso confiante no rosto.

Vicky desatou a rir. Teve que se sentar na cama para não cair. Brian estava bem-humorado demais para se importar. Estava se acostumando às reações inesperadas dela.

— Posso saber do que está rindo? — perguntou ainda sorrindo e sentando-se ao lado dela.

— Você está brincando, né?

— Não — respondeu seguro.

— Você arrebentou a parede da sua casa *pessoalmente*, deixou esse buraco no meio dos quartos, jogou metade das suas coisas fora e agora comprou uma casa, uma casa *maior* — frisou —, e isso tudo em três semanas? Você não tinha que trabalhar, não?

— Eu trabalhei também.

— Brian, você é inacreditável! Sabe o que eu acho? Acho que você ganhou dinheiro demais, cedo demais e isso o tornou excêntrico. A Júlia não tava brincando quando disse que você enlouqueceu todo mundo aqui, não foi?

— Ah, é isso que você pensa de mim? Um milionário excêntrico?

— Não. Isso é o que eu deveria pensar se tivesse juízo. Para falar a verdade, estou absolutamente lisonjeada com essa sua espontaneidade apaixonante. Eu mesma passaria o dia inteiro quebrando essa maldita parede e inundando a casa toda só para ver você feliz assim.

— Hoje é o dia mais feliz da minha vida. Você não pode imaginar o que significa para mim ter você aqui. Venha, vamos conhecer nossa casa nova.

Estavam no estúdio, examinando os desenhos, quando Júlia interrompeu.

— Brian, é o Fred de novo no telefone. Ele insiste que você tem que falar com o doutor Jones *hoje*.

— Hoje eu não vou falar com ninguém, nem com o Fred, nem

com o doutor Jones e nem com o papa. A Vicky está aqui. Será que eles não podem me dar uma maldita semana?

— Eu não devia me intrometer, mas acho que você deve ir. Eles não vão parar de importunar enquanto não for. — Júlia saiu antes de ouvir a resposta dele.

— Do que se trata? — Vicky perguntou.

— Fred é um dos empresários, acha que é meu dono, todos pensam. Eles enlouqueceram quando eu disse que ia deixar a banda, ficam me cercando... Eu disse que estaria com você, que não queria ser interrompido.

— Talvez Júlia tenha razão, é melhor ver o que ele quer de uma vez.

— Ele quer que eu vá ver o doutor Jones.

— Doutor Jones?

— É, um dos médicos que cuidou da minha desintoxicação quando eles decidiram que a heroína estava interferindo demais no meu trabalho. Como se eu tivesse parado só por isso... Eles fazem exames periódicos agora, para ver como estou indo, se estou limpo e também por causa desta turnê longa. Check-up, eles dizem. Que se danem.

— Estranho, né? De quanto em quanto tempo você faz estes check-ups?

— A cada seis meses mais ou menos. Fiz um há pouco mais de uma semana.

— Por que eles estariam preocupados *assim*? Você não andou fazendo nenhuma besteira por aqui, não é? — Vicky se apavorou ao pensar que ele pudesse eventualmente voltar a usar drogas.

— Claro que não! Você também? Por favor, não você, Vicky! Você sabe que eu estou limpo, eu não me interesso mais por essas coisas. Aliás, se estão vasculhando minha vida assim a culpa é sua. Certamente, eles devem estar procurando alguma substância secreta em meu sangue dada por você para me fazer mudar desse jeito, querer largar tudo. Eles estão enlouquecidos, já disse a você. Não admitem que eu largue tudo agora, no auge do Fears. Fodam-se. É minha vida, vou cumprir os contratos e isso é tudo.

— Brian — Era novamente Júlia na porta. —, é o Fred de novo, ele insiste.

— Eu não posso acreditar! Me dá esse maldito telefone!

Brian seguiu Júlia e voltou para o estúdio poucos minutos depois.

— Eles não vão me deixar em paz! Vamos fazer assim. Vamos

em dois carros. Eu dirijo o Porsche e o motorista nos segue com a limusine. A gente vê a casa e eu vou ver o doutor Jones enquanto você vê o apartamento próximo à UCLA com o motorista. Não vou demorar. Encontro você em casa. Me livro deles e a gente tem a semana só para a gente, que tal?

Eles seguiram pela via expressa conforme tinham planejado. Era a primeira vez que ela o via dirigir seu próprio carro. A princípio ficou assustada, tinha certeza que ele tinha quebrado todos os limites de velocidade do condado, mas depois se habituou ao ritmo de sua direção. Era uma sensação de liberdade, Brian ao seu lado, música alta, nenhum segurança ou motorista dentro do carro. Vicky estava amando Los Angeles, tudo lá parecia natural e harmônico. Porsches, limusines, nada disso parecia chamar a atenção. Música, velocidade, os dois juntos e expostos na rua sem medo, protegidos apenas pelos vidros escuros do carro blindado. Parecia um absurdo, mas era o máximo de liberdade que tinham experimentado até então. Ela queria que eles ficassem ali, dirigindo sem destino por todo o dia.

Quando Brian anunciou que haviam chegado à casa, ela não pôde encontrá-la por mais que se esforçasse. Tudo que via era a extensão infinita de um muro branco e árvores por todos os lados. Andaram pelo que ela poderia facilmente chamar de bosque por alguns minutos antes de chegarem à casa branca de dois andares e com um prolongamento tão exagerado que parecia fazer um L.

– Muita privacidade mesmo. – Vicky tentava não se mostrar assustada demais com o fato dele pretender *trancá-la* no meio do que, àquela altura, ela considerava uma floresta. – Brian, quantos filhos você quer que a gente tenha? – perguntou, pretendendo parecer casual.

– Quantos você quiser. Pelo menos dois. Um casal – ele respondeu, sem parecer notar o desespero na voz dela. Depois riu, denunciando que se divertia com aquilo e complementou: – Por favor, Vicky, você ainda nem viu a casa. Vamos, eu sei que você vai gostar depois que se acostumar. O arquiteto já está esperando.

Eles entraram e de fato o arquiteto estava esperando, sentado na escada. A casa, completamente vazia, parecia ainda maior do que possivelmente já era.

Brian, empolgado demais para se importar com os receios dela, sentou-se ao lado do arquiteto e a puxou para junto de si enquanto discutia os desenhos. Ali, sentada em seu colo, vendo os olhos dele brilharem de tanta empolgação, Vicky decidiu que moraria até na casa do Tarzan que estavam planejando montar no jardim, se ele assim quisesse.

Repassaram juntos todos os planos. As salas de estar, jantar e almoço. As salas de música e de cinema. O estúdio de desenhos dele e a biblioteca para ela, o escritório. Uma academia de ginástica. Uma sala com fliperamas e jogos eletrônicos que ele adorava e ela detestava.

Em cima, ficariam a suíte do casal, os quartos das crianças, quatro suítes para que Vicky pudesse receber os pais e os amigos do Brasil, um quarto de brinquedos e uma sala íntima.

No jardim, fariam uma casa na árvore para o menino e uma de bonecas para a menina. Construiriam um playground e transformariam a quadra de tênis que já existia em uma poliesportiva para que as crianças pudessem aproveitar mais. Havia uma piscina externa e uma aquecida, mas ele pensava em montar mais uma, temática, também para as crianças.

A reunião se estendeu por mais tempo do que tinham planejado. Precisariam de muitas outras.

Brian levou Vicky até o motorista e seguiu para pegar o outro carro.

– Brian!? – chamou.

Ele voltou-se para ela.

– Essa história de filhos... só depois que eu me formar, tá?

Ele a abraçou tão forte que tirou seus pés do chão.

– Quando você quiser. Desde que a gente comece a ensaiar como fazê-los assim que estivermos de volta em casa. Eu não posso esperar mais...

– Absolutamente de acordo. – Sorriu maliciosa.

Seguiram, cada um em seu carro. Os pensamentos dela vagaram pela vida que construiriam em breve e fixaram-se nas fantasias sobre a noite que finalmente teriam juntos.

Em um tempo que pareceu passar rápido demais, estava nas imediações da UCLA.

O pequeno prédio de cinco andares era realmente muito próximo à Universidade. Dez minutos no máximo, a pé. Era uma vizinhança muito agradável. Casas com jardins na frente sem muros ou portões, muito verde e esquilos que eventualmente saltavam das latas de lixo ou das árvores para os jardins.

O apartamento era uma graça. Um lugar onde realmente poderia morar.

Tinha uns cinquenta metros quadrados no máximo. Um hall de entrada pequeníssimo que logo se abria em uma sala aconchegante com sacada, lareira elétrica e cozinha americana integrada. O quarto era separado da sala por um único degrau. Tudo o que cabia nele era uma cama de casal e a entrada para o pequeno closet, que dava acesso ao banheiro. Foi decorado com simplicidade, mas bom gosto. Um apartamento acolhedor.

Vicky decidiu que ficaria ali quando Brian estivesse fora, em turnê. Não podia se imaginar sozinha naquela casa enorme.

Brian tinha pensado em tudo, a proximidade com a universidade, o prédio cheio de estudantes, a piscina na cobertura para que ela se distraísse sem ele, um cinema onde também era possível ir a pé, além de um shopping e vários restaurantes nas imediações. Ela adorou o bairro.

O campus da universidade também era fantástico. A grama perfeitamente aparada, a amplidão dos jardins, a beleza das construções. Poderia caminhar ali por horas se Brian não a estivesse esperando. Seu coração disparou ao pensar nele.

Correu para o carro, queria chegar primeiro, tomar um banho, colocar a lingerie que comprara especialmente para a ocasião.

Quando a limusine cruzou novamente os enormes portões, ela ficou um pouco decepcionada. O carro dele já estava estacionado em frente à casa.

Ela saltou do carro antes que o motorista abrisse a porta e correu para dentro.

– Brian? – chamou sem resposta.

Em um instante Júlia estava na sala. O rosto tenso.

– Está tudo bem, Júlia?

– Me desculpe, Vicky, o Brian quer que você vá embora. Suas coisas estão no corredor lá em cima. Vou pedir para o motorista pegar e levar você para um hotel confortável até o horário do seu voo. Eu já providenciei tudo. Sinto muito.

– Júlia, o que você está falando!?

– Eu sinto muito – ela respondeu, abaixando o tom da voz.

– Onde ele está? – Vicky perguntou enérgica.

– Ele não quer ver ninguém. Tenho ordens para ele não ser importunado.

– Você não está me entendendo. Eu não perguntei o que ele quer, eu perguntei onde ele está!

Júlia não respondeu, então Vicky disparou pela casa chamando pelo nome dele. Júlia a seguia, aflita.

— Vicky, por favor, seja razoável, você não vai querer ver o Brian nervoso, ele perde a cabeça. É uma pena que vocês tenham brigado. Quem sabe depois se entendem. Por favor, não me obrigue a chamar os seguranças. Ele não quer ver você.

— Então vai ter que dizer isso na minha cara. Pode chamar os seguranças se quiser. Eu não saio sem falar com ele. E nós não brigamos. Ele disse que a gente brigou?

— Ele não disse nada. Pediu para tirarmos suas coisas do quarto dele e para mandar você para o Brasil o mais rápido possível, que não queria ver ninguém. Ele é instável, você sabe, tem essas alterações de humor.

— Júlia, eu não acredito nisso. Eu *vou* falar com ele e descobrir o que está acontecendo.

Ela subiu a escada com tanta determinação que Júlia não se atreveu a tentar impedir. Tentou a porta do quarto, mas estava trancada. Bateu e chamou algumas vezes, mas não teve nenhuma resposta.

Encostou a cabeça no batente da porta, tentando decidir o que fazer.

Lembrou-se do quarto ao lado e da comunicação que ficou aberta entre eles. Tentou a porta. Estava aberta.

Quando entrou, ficou paralisada diante da cena por milésimos de segundos. Só o tempo suficiente para o torpor de seu corpo ser substituído por uma carga de adrenalina intensa o suficiente para que ela saltasse sobre a arma que Brian empunhava contra a cabeça.

A arma já estava na mão dela quando ele segurou seu braço tentando recuperá-la. Ela se afastou e apontou a arma contra o próprio peito. Fez um sinal para que ele não se aproximasse. Assustado, Brian recuou.

Ela destrancou a porta do quarto, colocou a arma no chão do lado de fora e trancou a porta novamente. Ele estava sentado na ponta da cama, as mãos cobrindo a cabeça.

Vicky foi até o interfone ao lado da cama. Assim que o tirou do gancho, Júlia atendeu.

— Júlia, sou eu. Tem uma arma no corredor. Quero que você a tranque em um lugar seguro. Não se preocupe conosco. Estamos bem. Não vamos mais descer hoje. Por favor, não nos incomode. – E desligou.

Sentou-se no chão, encostada na parede, de frente para Brian. Não tirava os olhos dele. Nenhuma palavra chegava à sua boca, nenhum pensamento à sua cabeça, notou apenas que todo o seu corpo tremia, tanto que teve que se encolher para tentar conter os espasmos.

Quando ele finalmente ergueu os olhos, estremeceu ao vê-la no chão. Foi ao encontro dela. Eles choraram abraçados por tanto tempo e com tanta intensidade que ela estava encontrando dificuldade para respirar. Quando conseguiu se acalmar um pouco, se afastou dele apenas o suficiente para poder ver seu rosto.

– Brian, você *precisa* me dizer o que está acontecendo – disse enquanto acariciava o rosto dele, enxugando suas lágrimas.

Revelações

— Eu sinto muito, você tem que ir embora — ele disse sem olhar para ela.
— Você sabe que eu não vou a lugar nenhum. Não até você me dizer o que está acontecendo.
— Não há mais nada para você aqui, Vicky, vá viver a sua vida.
— Não há mais nada para mim aqui? Eu pensei que você tinha dito que eu estava em casa agora. Com você, em casa.
As palavras dela provocaram um ataque de fúria nele, não com ela, mas com alguma coisa que ela ainda não entendia. Ele jogou o abajur contra a parede e depois o telefone. Ela nem se mexeu, estava assustada demais para esboçar qualquer reação, mas foi só quando ele decidiu jogar as palavras que ela se apavorou.
— Vicky, eu estou doente, eu vou morrer! Não há mais nada que eu possa oferecer a você!
Ela estava perplexa, as palavras dele tiveram o efeito de uma bomba atômica, devastando tudo o que era vida, tudo o que era cor em seu mundo. Sentia a energia escorrer pelos dedos, esvaziando seu corpo, deixando apenas morte e desolação.
— Eu tenho AIDS, Vicky, eu vou morrer! – repetiu ele.
Ela se levantou, andou sem direção para depois sentar-se de novo. Sacudia a cabeça negativamente, disse não inúmeras vezes sem se ouvir, tentava enxugar as lágrimas que insistiam em escorrer sem trégua.
Não saberia precisar por quanto tempo ficou assim, nem como aconteceu, mas o pavor cedeu lugar; primeiro, a um estado de estupor, depois a uma tristeza profunda e calma e, de alguma forma, a melancolia fez com que ela se organizasse um pouco.

— Foi por isso que o tal do doutor Jones queria falar com você? Foram seus exames, não é?

Ele apenas assentiu com a cabeça.

— Bem, o fato de você ser soropositivo não quer dizer que tenha AIDS — racionalizou. — Além do mais, acho que temos que ver outros médicos e repetir os exames — disse, com o rosto molhado de tanto chorar.

— Vicky, por favor! Não me venha com essas suas ilusões. Eles já repetiram os exames, tinham colhido material suficiente para vários exames. E daí que ainda não tenho a doença? Quanto tempo vou levar para desenvolver? Seis meses? Um ano? Por favor, vá embora. Você é muito nova, eu não quero que se prenda a um cadáver. É mais fácil para eu acabar com tudo sem você por perto.

Ela correu na direção dele e segurou seu rosto com força entre as mãos, obrigando-o a olhar para ela.

— Olhe para mim, Brian! — Ele desviou o rosto, mas ela puxou com ainda mais força. — Eu disse olhe para mim! — gritou. — Eu não vou a lugar nenhum, você está me entendendo!? Lugar nenhum! E você também não vai. Eu amo você! A gente vai dar um jeito de enfrentar isso *juntos*.

— Juntos? — ele perguntou com descrença na voz. — Nós não temos mais nada para fazer juntos. Você acha que pode administrar tragédia, Vicky? Não se administra tragédia. Sabe o que isso significa? Significa que a gente nunca mais vai poder pensar no futuro, em casamento ou filhos. Você faz ideia de como isso era importante para mim? Significa que eu nunca mais vou poder tocar você, que eu nunca vou poder chamar você de minha mulher, minha! Fazer o que juntos? Não temos mais o que fazer juntos.

A opressão tomou conta do seu peito com tanta intensidade que ela sentiu que não podia mais respirar. Odiou Brian por lhe dizer aquelas coisas. Porque ele tinha que ser tão cruel?

— Eu quero ficar junto com você e enfrentar o que for preciso. E você *sabe* que pode me ter a hora que quiser. Por favor, não faça as coisas parecerem piores do que já são. Para que existem preservativos?

— E você acha que eu vou conseguir transar com você nessa situação? Você acha que minha cabeça vai ficar como? E se o preservativo estoura ou fura, ou sei lá?... Como vai ficar minha cabeça se eu descobrir que matei ... matei a mulher que eu amo? — Havia pavor em sua voz, seus olhos romperam em lágrimas.

— Brian — ela suspirou —, então a gente não transa. O que eu quero é estar com você. Com o tempo a gente vê como lida com isso, tá bom? A gente não precisa decidir nada agora.

— Para de fingir que está tudo bem — ele gritou. — Eu ainda não morri, Vicky, eu ainda sinto tesão, mas eu não posso... é melhor você ir agora.

Vicky estava desesperada, não sabia mais como lidar com aquela situação. Sentiu que iria enlouquecer se ele continuasse com aquilo.

— Chega, Brian, chega! — ela gritou. — Olha aqui, se você quiser, a gente transa; se não quiser, a gente não transa. Com o tempo a gente vai avaliando as nossas necessidades e decide o que fazer. Você sabe que eu também quero muito você. Eu não me importo com o fato de você ser portador, mas se não fizer bem para sua cabeça a gente deixa tudo como está. Eu só quero ficar com você. Por favor, não se afaste de mim — ela pediu.

— Você devia pensar um pouco melhor. É a *sua* vida — ele respondeu com frieza.

— Eu faria *qualquer* coisa por você. Por favor, não me mande embora.

— E por que você faria qualquer coisa por mim? Você só faz com que eu me sinta pior. Você tem alguma ideia de como eu peguei esse vírus? Se eu contar a você talvez queira ir embora.

— Eu não quero saber. Não faz diferença nenhuma para mim.

— Mas eu vou contar mesmo assim. Não foi a primeira vez que fiz exames para HIV, então eu sabia que estava limpo. Bem, algo aconteceu no camarim entre eu e Joseph, nós transamos, e meus exames mudaram depois disso. Sei que foi nesse dia porque depois disso não estive com mais ninguém sem preservativo. Estava deprimido demais e depois conheci você. Claro que saí com algumas prostitutas e fãs, mas eu estava muito mais lúcido, então usei camisinha todas as vezes...

Ele continuou a falar, mas ela não conseguia acompanhar o ritmo de suas palavras. Estava tonta, não podia assimilar mais nada, parecia que sua cabeça ia explodir. Por que ele estava sendo tão duro com ela? Ele se culpava pela forma com que se contaminou e queria que ela o culpasse também? Que ela sentisse o mesmo ódio que ele estava sentindo dele mesmo?

— Brian, por favor, pare — suplicou. — Eu não lido com isso todos os dias. Por favor, me dê um tempo.

— Você ainda quer ficar com alguém como eu?

— Por que parte da história eu deveria deixar você? Pelo fato de você dizer que me ama e dormir com qualquer pessoa que aparece no seu caminho ou pelo fato de você ser bissexual? Ah, sim, também tem o HIV! Eu não deixaria você Brian, mas se queria me transtornar, você conseguiu. Eu não sei o que dizer. Eu acreditei quando você disse que me amava, que queria ter uma vida nova comigo. Você transava com toda essa gente enquanto construía uma casa para a gente morar? Ou enquanto esvaziava seu closet ou arrebentava sua parede? — Ela fechou os olhos e chorou.

Ele se comoveu ao vê-la tão fragilizada. Sabia que tinha maculado seu mundo tão ingênuo.

— Vicky, por favor, me desculpe. Eu não quero ver você assim. Só acho que você precisa ver as coisas como elas são. Eu não estava te traindo... não sei se faz sentido termos essa conversa *neste momento*.

— Não estava? — ela perguntou incrédula.

— Vicky, mesmo quando eu estava com outra, era em você que eu pensava. Era a única forma de estar com alguém, pensar em você. Depois, nem isso funcionou mais. Eu só queria você Vicky, você é a única mulher que me interessa, apesar disso parecer muito irônico agora, já que seria a única que eu não me arriscaria a tocar.

— Ainda sobra o Joseph para você — ela disse com acidez.

— Eu não sou bissexual.

— Achei que tinha dito que transou com ele.

— Transei. Porque estava com raiva. Não tem nada a ver com desejo.

— Você transa com as pessoas quando tem raiva delas? — Ela estava confusa.

— Bem, a maneira de como lidamos com sexo é completamente diferente. Eu nunca tinha pensado em sexo de uma forma romântica, como você faz. Sexo para mim nunca esteve ligado a afeto ou mesmo a intimidade. Isso foram coisas que eu aprendi com você. Antes de você, sexo sempre foi violência, poder e alienação. Eu podia trepar ou usar drogas, ou combinar as duas coisas, que era o que fazia normalmente. Qualquer coisa que me tirasse do ar. Do inferno que sempre foi minha vida.

"Transei com homens e mulheres quando precisei. Desculpe acabar com suas ilusões, mas não se chega aonde eu cheguei só porque se tem talento. Existem muitas coisas envolvidas nisso, muita sujeira, mais do que você pode imaginar."

As explicações dele não estavam ajudando. Ela estava chocada com tudo o que ouvia. Tinha certeza que se ouvisse aquilo de qualquer outra pessoa teria vontade de sair correndo, de buscar refúgio em uma vida "normal", sem tantas complicações, sem tanta perversão. Mas era Brian quem lhe falava, e isso, por alguma razão, tornava tudo diferente, como se tudo o que ele dissesse fosse barulho ou uma cortina de fumaça, através da qual ela ainda podia enxergá-lo.

– Bom – ele continuou –, a parte da raiva e violência é fácil de entender quando olho para minha história. Foi o jeito como conheci o sexo – ele suspirou, fez uma pausa pensando se continuava com aquilo. Olhou para Vicky para saber o quanto ela ainda suportaria. Ela o encorajou a continuar.

– Meu padrasto me estuprou quando eu tinha menos de cinco anos. Ele era um fanático religioso. Eu era filho de outro relacionamento da minha mãe, então, ele achava que eu era uma espécie de demônio, de monstro que ele devia purificar. Não foi só uma vez que praticou seus "rituais de purificação" comigo. Ele me fazia descer para o porão com ele sempre que estava bêbado ou com raiva e me violentava. Aquele pervertido filho da puta! Eu era só uma criança. Por muito tempo, eu nem sabia o que estava acontecendo, que nome tinha aquilo que ele fazia comigo. Eu só sentia medo e dor. Também achava que devia ser mesmo um monstro para merecer passar por aquilo. Que de alguma forma a culpa era minha. Não sei se minha mãe sabia o que acontecia lá, mas toda vez que ela tentou interferir apanhou até ficar inconsciente. Com o tempo, não interferiu mais. Quando tive idade suficiente para entender o que estava acontecendo, fugi. Acho que o mataria se não fugisse. Às vezes, eu me odeio por perceber o quanto essas histórias ainda estão em mim, o quanto repito o que mais desprezo. Eu estava com raiva do Joseph. Você vê, eu sou completamente culpado pelo que me aconteceu. Mesmo se não tivesse trepado com o Joseph, dividi com ele uma seringa de heroína, que ele até hesitou antes de me passar. Talvez ele já soubesse do estado dele. Não importa. Acho que mereço o que me aconteceu. Acho que agora você já pode se sentir livre para ir. Eu queria fazer parte do seu mundo, eu amo você, mas acho que vou ter que lidar com os meus próprios demônios agora. Eu sinto muito por fazer você ouvir essas coisas. Sei que deve ser incompreensível para você.

Ela não estava assustada, estava triste, muito triste. Uma vida inteira de dor e desencontros. Quem poderia sobreviver a toda uma vida daquela maneira?

— Nada disso me interessa — ela disse calmamente —, essa sua história *tão* triste, o modo como se contaminou. Eu lamento profundamente por tudo isso, principalmente pela sua história, lamento *profundamente* — ela destacou a palavra —, mas a única coisa que me interessa é você. Você, agora, comigo. A gente, daqui para frente. Tudo o que vejo em seus erros é sua vontade de acertar, Brian, eu vejo você, e quanto mais vejo, mais eu te amo. Eu amo você, com todos os seus acertos e erros.

Ele a abraçou e eles choraram juntos.

— Vamos ao especialista que o doutor Jones indicou amanhã, Brian. Você está com o vírus, a gente não sabe quanto tempo tem antes da doença, mas vamos ter esperança, tentar ganhar todo o tempo que pudermos. Quem sabe não descobrem a cura nesse tempo? Uma vacina para isso não se desenvolver... A gente não pode se entregar agora, não antes de tentar. O doutor Jones não disse que tem um tratamento experimental? Então!

— Pare de se iludir, de fantasiar ... não deve demorar muito até eu ficar doente. Você sabe disso tanto quanto eu.

— Para, por favor! Ilusão, fantasia, esperança, dê o nome que quiser. Nós não vamos simplesmente nos entregar. Eu *não sei* fazer isso. Escute... nós estamos exaustos, eu vou preparar um banho para você e pedir para a Júlia trazer algo bem leve para você comer aqui. Vamos descansar um pouco, amanhã a gente fala com o médico, pensa nas coisas com mais clareza, está bem? Depois do banho, eu faço uma massagem em você, que tal?

— Não. Se vai ficar, quero que você durma no quarto de hóspedes.

Ela resolveu não discutir. Preparou a banheira para ele e foi para o quarto de hóspedes onde tomou banho e jantou.

Brian tomou alguns dos seus comprimidos, mesmo assim não conseguia dormir. Vicky resistiu o quanto pôde, mas depois de algumas horas estava de volta à cama dele.

— Por favor, me deixa ficar aqui com você — disse, deitando-se ao seu lado.

Ele a abraçou e eles conseguiram dormir um pouco.

Quando ela se levantou, ele não estava no quarto. Ela o procurou, angustiada, mas logo o encontrou na sala de música, compondo. Ficou aliviada por encontrá-lo ali, trabalhando. Agradeceu a Deus por haver música na vida dele.

– Eu já tenho o single para o próximo álbum – ele disse –, e também um nome e a capa.

– E você vai me contar? – perguntou sorrindo.

– Não.

Vicky não se importou. Ele poderia colocar o nome que quisesse desde que o trabalho o distraísse.

– Venha, nós temos muito que fazer hoje – ela disse sorrindo.

Tomaram café e seguiram para ver o especialista que foi enviado ao consultório do doutor Jones por discrição.

A consulta foi mais perturbadora para Vicky do que ela podia imaginar.

Sabia-se mais sobre a doença do que sobre o comportamento do vírus. Era difícil precisar se ele ficaria inativo e por quanto tempo. A maior parte dos casos era descoberta pela sintomatologia, portanto pacientes soropositivos assintomáticos ainda tateavam no escuro.

Após o desenvolvimento da sintomatologia, o prognóstico era ruim. O HIV desenvolvia resistência aos medicamentos e o paciente ia a óbito rapidamente. Os tratamentos convencionais, como o AZT ou o DDI, tinham sua eficácia limitada.

O ponto, insistiam os médicos, era impedir o desenvolvimento da doença.

Um novo tratamento estava para ser aprovado em uma questão de meses, eles afirmaram: a combinação entre o DDC, recém-autorizado pelo FDA, e o AZT. Era uma combinação testada em pacientes com infecção avançada, mas que apresentou sucesso na diminuição da mortalidade. Seria autorizada logo e com uma margem de segurança estabelecida.

Por causa dessa pesquisa de combinação de drogas, passou-se a estudar, ainda em caráter experimental, um novo grupo de associação com as drogas do grupo do AZT; os inibidores da protease. Ainda haveria alguns anos de estudos antes da aprovação da comercialização pelo FDA, eles previam, mas tudo indicava que essas drogas demonstravam um potente efeito antiviral e melhora dos indicadores da imunidade.

O tratamento seria experimental, teriam que fazer exames periódicos para o controle dos efeitos colaterais, muitos ainda desconhecidos, e também para monitorar os indicadores de imunidade e a carga viral. O número de comprimidos era grande, alguns dos efeitos colaterais já descobertos, desagradáveis, e não havia ainda margem de segurança estabelecida. Se quisesse fazer o tratamento, Brian teria que assinar um termo de responsabilidade, respeitar metodicamente os horários de medicação, assim como os períodos de exames de controle. Não poderia beber e em hipótese nenhuma usar drogas. Uma vida espartana, disseram os médicos. Deveria ficar atento a qualquer sinal que pudesse indicar um efeito colateral e comunicá-los imediatamente.

Não era muito, era arriscado, mas era tudo o que podiam oferecer para o controle do vírus. Isso ou ficar atento aos primeiros sinais de infecção, como febre, para, após exames, entrar com a combinação DDC/AZT para o tratamento da AIDS.

Eles quase não falaram durante a consulta e permaneceram em silêncio enquanto Brian dirigia de volta para casa. Vicky olhava pela janela, sem ver a paisagem que passava rapidamente por ela. Já não sabia se era a velocidade do carro ou só sua cabeça que deixava as imagens vagarem sem nitidez.

– O que você achou? – ela finalmente decidiu perguntar.

– Não sei – ele respondeu com os olhos fixos na via expressa –, não gosto da ideia de me fazerem passar por uma porra de um rato de laboratório.

Quando chegaram, Brian seguiu na frente e se trancou no escritório, batendo a porta na cara dela. Ela decidiu dar um tempo a ele e a ela também. Foi se sentar no jardim próximo à piscina.

Júlia ofereceu o almoço, mas ela estava sem fome. Pediu para ela fazer uma bandeja, tentaria fazer Brian comer um pouco. Desde o dia anterior que ele não comia nada e isso com certeza não podia ser bom para o seu sistema imunológico.

Júlia abriu a porta do escritório para que Vicky pudesse entrar com a bandeja. Brian estava deitado no sofá. Os olhos fixos no teto.

– A Júlia me disse que é sua massa preferida – disse, apoiando a bandeja na mesa de reuniões.

– Saia daqui – ele respondeu rispidamente.

– Brian, por favor, você tem que comer um pouco.

Ele se levantou rápido e com raiva. Pegou o prato de massa e o atirou contra a parede.

– Eu odeio você! – ele gritou – Você chegou muito tarde na minha vida, está me ouvindo? Muito tarde. Você está atrasada! Você faz com que eu queira viver quando é tarde demais! Eu olho para você e vejo tudo o que quero e não posso mais ter. Eu odeio você por isso!

Antes de se sentar no chão e chorar, ele ainda arremessou a bandeja contra a parede.

Vicky num ato mecânico pegou a bandeja e começou a recolher os cacos do prato espalhados pelo chão.

– Olha a bagunça que você fez – ela dizia entre soluços enquanto recolhia os pedaços de louça com as mãos trêmulas –, agora vou ter que arrumar toda essa bagunça.

Com o barulho, Júlia entrou no escritório e viu Brian sentado no chão enquanto Vicky limpava obsessivamente o escritório e falava coisas sem sentido.

– Tire ela da minha frente – ele disse para Júlia.

– Venha, querida. – Ela segurou as mãos de Vicky, tentando impedi-la de continuar a recolher os restos do almoço. – Vamos, depois eu dou um jeito nisso.

– Está tudo sujo aqui. Vamos ter que arrumar tudo... – dizia de modo quase incompreensível.

– Eu sei, eu sei. Venha comigo. Você precisa descansar um pouco. Eu vou dar a você um comprimido e você vai dormir um pouco.

– Dê água com açúcar – Brian interveio –, ela não está acostumada com essas merdas que vocês dão para mim.

– Como se fizesse alguma diferença para você – Júlia respondeu rispidamente. – Pelo amor de Deus, Brian, o que você está fazendo desta vez? Ela é só uma criança!

Júlia a conduziu até o quarto de hóspedes, onde a empregada já a esperava com um copo de água com açúcar. Vicky obedeceu com retidão quando Júlia pediu para ela tomar e se deitar.

Júlia e Brian se cruzaram na entrada do quarto. Ela estreitou os olhos ao passar por ele.

– Hey – ele disse enquanto acariciava o cabelo de Vicky –, eu estou aqui. Não fique assim, nós vamos arrumar toda aquela bagunça, tá bom? Venha aqui. – Ele a colocou em seu colo e ela chorou.

– Me desculpe. Eu estou tão apavorado... com tanto medo...

— Eu sei. Eu também... – confessou, já se recuperando de seu pequeno surto. – Brian... eu acho que você devia aceitar o tratamento. Pelo menos tentar. Se não fizer bem, você para. É melhor do que simplesmente esperarmos. Pode ser uma oportunidade.

— Você não vai me deixar desistir mesmo, não é?

— Não. Vamos tentar, por favor!

Ele apenas assentiu com a cabeça. Ela o beijou e ele sorriu. Seu sorriso a encheu de esperança.

— Vejo que vocês já se entenderam. – Era Júlia da porta do quarto, observando, aliviada, o casal.

— Júlia, você não vai nos deixar em paz? – perguntou Brian.

— Não quero atrapalhar nada. Só queria saber se mantenho os preparativos para a festa de amanhã ou se vocês vão continuar a destruir a casa.

— Festa? – indagou Vicky.

— É, toda Páscoa o Brian dá uma festa para os amigos mais íntimos e algumas crianças de instituições que ele mantém.

— Vamos manter a festa – Vicky se apressou a responder por Brian. – Nós já enjoamos dessa brincadeira de quebrar a casa – disse com um sorriso pouco humorado.

Amigos

A casa começou a ser preparada para a festa logo cedo. Uma operação de guerra com montagem de mesas no jardim, serviço de buffet com decoração temática e a instalação de um verdadeiro parque de diversões para as crianças. Uma equipe terceirizada foi trazida com garçons e monitores para entreter os convidados.

Brian passou a manhã trabalhando em suas novas composições.

Vicky sabia que ele precisava se refugiar no trabalho, mas não deixou de ficar aflita com o distanciamento afetivo dele. Havia se acostumado a tê-lo sempre por perto, sorrindo, tocando-a. Agora ele só falava o essencial com ela, quando se cruzavam pela casa, ele a olhava rapidamente, com os olhos angustiados e um sorriso forçado no rosto.

Pensou algumas vezes naquela manhã em interrompê-lo, tirá-lo daquela sala de música, conversar um pouco, mas muito sinceramente admitiu que não saberia o que dizer.

Ajudar Júlia com os preparativos para a festa foi uma grande distração. Era o que ela precisava fazer; manter-se ocupada.

Os convidados foram chegando no início da tarde. Primeiro as crianças, depois alguns que pareciam executivos e se misturavam com pessoas de aparência informal e descolada. Uma torre de babel.

Vicky observava a festa de longe, ajudando os monitores com as crianças. Era uma maneira de se distrair, já que não conhecia ninguém e Brian ainda não havia saído da casa para receber seus convidados. Estava começando a achar que manter a festa não tinha sido, afinal, uma ideia tão boa assim.

— Vicky! — gritou Carol correndo ao seu encontro, seguida por Ricardo.

Ela correu ao encontro da amiga. Era tudo o que precisava, alguém que pudesse salvá-la daquela sensação de deserto.

— Carol!? Não posso acreditar! O que você está fazendo aqui?

— O Brian me ligou e me convidou para a festa, no dia em que você embarcou para cá. Era uma surpresa. Vicky, isto aqui é inacreditável! Uau! Eu estou morrendo de inveja de você. Amiga, você nasceu com a bunda virada para a lua!

Carol continuou a tagarelar entusiasmada, mas Vicky não ouviu mais nenhuma palavra. Estava de volta ao seu deserto.

— Vicky! — chamou Ricardo. — Nem chegou e já está toda arrogante. Devo chamá-la de Sra. Blue de agora em diante? Não vai me dar um abraço?

— Desculpe Ricardo — respondeu abraçando-o —, eu estou muito contente de ver vocês.

— Onde está o Brian? — ele perguntou.

— Trabalhando — respondeu, tentando ser casual — na sala de música.

— Ah, não. Ele não vai faltar à própria festa, ainda mais estando em casa. Vamos lá buscá-lo.

Bateram na porta e Brian abriu. Abraçou os dois com cordialidade, mas sem entusiasmo.

Carol não o via desde o Rio de Janeiro, mas conversavam sempre por telefone, quando ela atendia e Vicky não estava. Tinham ficado amigos.

— Brian, sua casa é um espetáculo! E essa festa, com todos esses coelhos... Eu estou me sentindo a Alice no país das maravilhas!

Ele sorriu. Carol era sempre espontânea demais.

— Obrigado Carol. Você vai ficar hospedada com a gente?

— Você está brincando? E estragar a lua de mel de vocês? Minhas coisas já estão na casa do Ricardo.

— Eu tenho ligado — disse Ricardo —, pensei em levar a Vicky para conhecer a cidade, em irmos todos ao Bar One, mas a Júlia sempre diz que vocês estão no quarto, que não podem atender. Vocês não receberam os meus recados?

— Ricardo! — intercedeu Carol. — Eles têm mais o que fazer do que ir num bar privê com você, né? Você não ouviu o que a Júlia falou, *no quarto*? Apesar de achar que vocês exageraram um pouquinho – ela disse agora um pouco mais focada nos rostos dos dois –, vocês estão com umas caras exaustas. Calma, pessoal, o mundo não vai acabar amanhã, não! Vocês vão ter todo o tempo do mundo para tirar o atraso. Finalmente ela parou de enrolar você, hein, Brian? Só não a mate de exaustão, ok?

Vicky olhou para Brian pedindo socorro. Ele abaixou o rosto. Ela teve vontade de sair correndo dali, mas em vez disso o abraçou e forçou um sorriso.

Eles seguiram para o jardim. Brian era interrompido a todo momento. Todos queriam falar com ele, abraçá-lo, cumprimentá-lo pela festa.

Ricardo parou para falar com Júlia. Carol correu para receber Kevin, que acabava de chegar.

Vicky foi se refugiar na área onde montaram o parque infantil. Sentou-se na escada que dava acesso à parte baixa do jardim. Precisava se recompor.

– Olá, Vicky. Deve se lembrar de mim.

Ela se virou e notou a presença de James com um copo na mão, em pé atrás dela.

– Sim, eu me lembro – ela disse com pouco entusiasmo.

Ele riu e se sentou ao lado dela.

– Onde está Brian?

– Eu não sei – ela respondeu mal-humorada.

Ele riu de novo.

– É insuportável, não é?

– O quê?

– Quando todos perguntam: Onde está Brian? Não perguntam como você está e nem dizem olá, apenas onde está Brian. Às vezes, tenho vontade de tatuar na pele: Eu não sei onde Brian está.

Desta vez ela riu, divertindo-se com aquela figura estranha.

– Deixe eu me apresentar decentemente. Sou o James.

– James, eu me lembro de você – disse torcendo o nariz.

– Me desculpe por aquilo. Eu estava um pouco alto e não sabia que era sério entre você e o Brian. Achei que você era profissional, você sabe, prostituta.

– Você acha que eu tenho cara de prostituta?

– Prostituta fazendo o estilo colegial. Um joguinho erótico, sabe?

Ela estava indignada. De que planeta tinha fugido aquele ser com tão pouca habilidade social? Ele não queria agredi-la, parecia sincero em sua explicação. Isso o tornava uma aberração ainda maior.

— Eu não quis ofender — ele tentou corrigir —, é que sempre tem profissionais nas festas que a gente organiza e...

— James — ela interrompeu —, você não está ajudando. Eu prefiro não saber das festas que vocês organizam quando eu não estou por perto.

— Ah, isso... não se preocupe. Ele só tem olhos para você agora.

— Obrigada por tentar — ela disse, se mostrando pouco convencida.

— De nada, mas é verdade. Não é por você que ele vai deixar a banda? Cara, eu nunca o vi cogitar fazer isso por ninguém!

— A gente sempre faz as coisas por nós mesmos, James, mesmo quando dissemos que é por alguém — ela respondeu, sem esperar que ele entendesse o que ela queria dizer.

— Cara, taí, você é realmente uma garota intrigante. Fazemos por nós e dizemos que é pelo outro. Vamos brindar a isso!

Ele bebeu um gole da tequila e estendeu o copo para ela. Ela levantou o copo em um brinde e tomou um gole também. Fez uma careta em seguida. Era forte demais para ela. Ele riu e virou o restante do copo de uma só vez.

— Você bebe demais — ela disse.

— Não tente me salvar também. Você não poderia. Concentre suas forças em Brian.

Ela estremeceu. Do que ele estava falando? Será que sabia do vírus? Do tratamento que ele tinha começado?

— Salvar Brian? Do que você está falando?

— Não é isso que tem feito? Salvar Brian dele mesmo. O que mais poderia ser? Aliás, falando no diabo...

Brian se aproximou dos dois, a expressão concentrada de quem quer ver além do que os sentidos podem mostrar.

— Olá James. Não tinha visto você ainda. Chegou há muito tempo? — perguntou sem conter uma agressividade discreta na voz.

— Tem um tempinho — ele respondeu despreocupado —, estava aqui conversando com a sua garota. Você tinha razão, ela é realmente interessante, especial.

Vicky não acreditou. Será que ele fazia de propósito, para provocar Brian, ou era realmente absolutamente desprovido de bom senso?

— Você achou a *minha* mulher interessante. — corrigiu Brian, desafiando-o. — Eu disse a você que ela era.

— Ah, é verdade, você me disse e vocês vão se casar, não é? Mas não é para agora, é? – ele perguntou indiferente à provocação – Quando você se muda, Vicky?

— No próximo ano.

— Bem, eu brindaria aos noivos, mas minha bebida acabou. Vou buscar mais tequila. Vocês querem algo?

— Ficar sozinhos – Brian respondeu.

Ele riu e se afastou.

Brian se sentou emburrado ao lado dela.

— Eu não gosto do jeito que ele olha para você. Você estava bem à vontade com ele desta vez, né?

— Brian, ele nem estava me olhando. Ele só tem olhos para o copo dele. E ele é divertido. Absolutamente sem noção. Tanto que fica divertido, só isso.

Ele a fitou para se certificar se era mesmo só isso. Não encontrou nada que a denunciasse.

Fixou os olhos nas crianças que brincavam a poucos metros dali. Seu olhar ficou distante, depois foi tomado por uma dor que o fez levar as mão até a cabeça e pressioná-la.

Vicky sentiu seu peito se estreitar. Já sabia o que era, mas teve que perguntar mesmo assim.

— O que foi? – ela disse colocando sua mão sobre o ombro dele e beijando-lhe o rosto.

Ele segurou a mão dela com força e cerrou os olhos antes de responder.

— Vicky... o que vamos fazer com aquela casa? Com todos os nossos planos? O que vamos fazer?

Era uma pergunta retórica. Ele não achava que ela tivesse uma resposta.

Ela tinha evitado pensar sobre isso. Doía demais. Ela manteria os planos, intocáveis, talvez negando a realidade. Algo tinha mudado, as coisas não estavam funcionando tão bem quanto eles tinham imaginado, mas ela não se importava com a realidade, queria manter tudo como antes, entretanto Brian insistia em trazer a realidade a todo instante. Era insuportável. Era igualmente insuportável que ele não a tocasse, que se distanciasse daquele jeito. Permitiria que ela se mudasse em poucos meses? Ainda se casariam? Ele estaria vivo para que cumprissem os planos de esperar o fim dos contratos para casarem? Filhos? De que jeito?

Ela teve vontade de gritar. Seu desespero foi substituído por uma raiva descomunal do mundo e de Deus. Por que ela tinha que passar por aquilo? Por que Brian tinha que passar por aquilo? Chegar tão perto de algo parecido com vida e ter isso negado *novamente*. Onipotentemente decidiu, ninguém roubaria os sonhos deles.

— Vamos manter a casa – ela respondeu com firmeza –, vamos manter a casa e todos os nossos planos. Existem muitas maneiras de ter filhos. Nós podemos adotar.

Ele a olhou surpreso e emocionado, mas, de alguma forma, ainda mais triste.

— Eu não faria isso com você – murmurou –, você é só uma menina. Eu quero você livre. Quando tudo isso acabar, você vai ter que reconstruir sua vida. Você vai precisar de um recomeço. Se eu fosse um pouco menos covarde eu deixaria você agora mesmo. Nós dois sabemos que é o certo a se fazer. Eu me sinto um criminoso por querer você tanto assim. É um crime alguém como eu ficar com alguém como você. Onde eu estava com a cabeça?

— Por que você torna tudo mais difícil sempre? Vamos manter nossos planos. A gente pode ser feliz. Vamos transar de camisinha, adotar quantos filhos quisermos ter, vamos ter a nossa vida. Brian, por favor, isso já é difícil sem você ficar se penitenciando desta forma.

— Vicky, me escute de uma vez por todas. Eu posso ser covarde para não mandar você embora, mas eu não vou arriscar a sua vida. Eu não vou. Eu não vou negociar isso. E quando eu adoecer...

— *Se* você adoecer – ela interrompeu.

— *Quando* eu adoecer – ele frisou –, eu não vou querer você por perto. Isso não é algo que você precise ver. Eu tenho dúvidas se você suportaria. Você não foi feita para isso, Vicky. Você foi feita para ser cuidada, protegida. Era o que eu queria fazer por você. Dar a você qualquer coisa com que sonhasse. Eu realmente sinto muito.

— E quem deu esse direito a você?

— Qual? – ele perguntou calmamente.

— O direito de decidir o que fazer com a minha vida? Você toma suas decisões, tem dúvidas sobre o que eu posso suportar ou não, diz saber para o que eu fui feita, para isso e não aquilo. Quem deu esse direito a você!? É a *minha* vida, acho que eu posso decidir o que fazer com a minha vida. Você é muito cruel. Com você e também comigo. E é mesmo covarde. Vá embora você se quiser, não me peça para ir porque eu não vou.

— Você está na minha casa, eu não posso ir embora — ele respondeu com quase um sorriso pelo ataque de fúria dela.

— Tarde demais. Nossa, benzinho, nossa casa. Se quiser, mude-se você. — Saiu furiosa. — E, antes que eu me esqueça: eu odeio você!

Subiu as escadas só para descê-las novamente.

— Brian... a gente decide essas coisas depois. É muito cedo, a gente está muito assustado. Nós vamos encontrar um jeito de lidar com isso. Vem comigo. Vamos para a festa. As pessoas devem estar sentindo a nossa falta.

Ele obedeceu consternado.

— Eu amo você — ela admitiu —, às vezes odeio um pouco também, mas amo você na maior parte do tempo.

— Eu também amo você. Mais do que eu sei que você acredita — ele disse com tristeza enquanto subia a escada de mãos dadas com ela.

Eles circularam pela festa pela primeira vez juntos. Ele a apresentava às pessoas e ela sorria sem ouvir os nomes que ele dizia. Alguns rostos não eram desconhecidos, provavelmente músicos, não sabia ao certo, estava concentrada demais em sorrir para pensar em qualquer outra coisa.

Um dos executivos monopolizou Brian por mais tempo que os outros convidados. Sem poder se concentrar na conversa, Vicky deixou sua atenção vagar pela festa. Algumas pessoas já estavam indo embora. A maioria das crianças também já havia saído. Um pequeno grupo tocava violão próximo à piscina. Carol estava nele.

— Por favor, me deem licença. Acho que preciso ouvir um pouco de português. Vou falar com a Carol.

Vicky se aproximou e se sentou perto de Carol, que sorriu enquanto terminava o refrão da música. James tocava violão. Kevin fumava seu cigarro de olho em Carol, que cantava junto com Ricardo.

— Que bom que chegou, Vicky — disse Kevin. — Seus amigos têm muitas qualidades — falou, dirigindo-se para Carol maliciosamente —, mas cantar não é uma delas. Por favor, vá chamar seu namorado para nos ajudar aqui.

— Ele é noivo dela, não namorado — provocou James. — É bom usar noivo ou marido na frente dele se quiser evitar um de seus ataques. E deixe ele para lá. Você pode muito bem cantar, Kevin. Vicky, junte-se a nós.

— Hilário, James, realmente hilário — Vicky respondeu.

— Vocês *ainda* estão brigando? — perguntou Ricardo — Desde o Rio de Janeiro?

— Parece que o James não gosta muito de mim — ela respondeu para Ricardo, mas com os olhos fixos em James.

— É claro que gosto — ele respondeu sem dar importância ao fato. — E você? Gosta de mim? — sorriu malicioso.

— O que é isso agora? Algum tipo de jogo da verdade? — interrompeu Ricardo

— Vamos brincar de jogo da verdade? — animou-se Carol. — Por favor, vamos?

— O que é isso? — perguntou Kevin só para satisfazer Carol.

— É uma brincadeira. Verdade ou Consequência. A gente escolhe alguém para fazer uma pergunta. Não pode repetir a pessoa por uma rodada, para que todos respondam. A pessoa escolhida tem que dizer a verdade ou não responder nada, mas nesse caso tem que pagar um castigo determinado pelo grupo. Eu começo.

Ela lançou a primeira pergunta sem se importar se os outros queriam brincar, e, no melhor estilo Carol, a pergunta tinha a sutileza de um elefante em uma loja de cristais.

— Minha pergunta é para o Kevin — falou ao grupo e depois se dirigiu para ele. — Kevin, você gostaria de repetir a experiência que tivemos no Rio de Janeiro? Verdade ou Consequência?

Todos riram.

— Verdade — ele respondeu —, gostaria e com mais intensidade. Minha vez de perguntar — ele continuou. — Para Carol. Carol você passaria a noite na minha casa em vez de dormir no seu irmão?

— Fácil — ela respondeu.

— Uau! Gostei desta brincadeira — disse James enquanto enchia seu copo.

— Tudo bem, minha vez agora — disse Ricardo, tentando tirar o foco da irmã, que se lançou no colo de Kevin. — Minha pergunta é para a Vicky. Vicky, quero saber os detalhes entre você e o Brian. Quais são seus segredos sexuais para colocar Brian Blue de quatro?

— Consequência — ela respondeu, fulminando-o com o olhar.

— Ok. Você vai tocar a guitarra do Brian na nossa frente para mostrar como é que você faz. — Ricardo ilustrou com um gesto obsceno o que queria dizer por tocar a guitarra de alguém.

— O Brian não está brincando — ela respondeu rispidamente, sem achar graça da sugestão.

Todos riram novamente.

— Fácil de resolver — respondeu Kevin, passando um cigarro de maconha para Ricardo. — Toque a do James, afinal ele é o guitarrista oficial da banda.

Era difícil ser a única sóbria em uma rodada de jogo da verdade, pensou.

— Ok. James, de pé — ela ordenou —, vamos terminar logo com isso.

— Cara, eu realmente gosto desse jogo — ele disse enquanto se levantava e abria o botão da calça.

— Não tenha pressa — Vicky falou —, eu faço isso.

Ela se levantou e abriu a camisa de James. Passou a mão pelo peito dele e desceu até o umbigo lentamente. Ele estava de olhos fechados e todos os outros com olhos fixos nela, surpresos pela brincadeira estar indo tão longe. Ricardo se levantou ansioso, provavelmente pensando na confusão que arrumaria se Brian visse aquilo. Ela colocou a mão na calça dele e então o empurrou. James estava dentro da piscina, com copo e tudo, seguido por Ricardo que distraído se deixou facilmente empurrar por Vicky.

— Sugiro que aproveitem a companhia um do outro para tocarem o que bem entenderem — ela disse rindo dos dois.

— Ah, isso não vai ficar assim. — Kevin tomou as dores dos amigos e empurrou Vicky para a água. Ele pulou em seguida, carregando Carol pela mão.

Quando Brian se aproximou, também foi jogado na piscina por Kevin e James. Júlia teve que se despedir dos convidados que ainda restavam.

— Eu só queria dizer — Brian falou enquanto saía da piscina e pedia duas toalhas para uma das empregadas — que vocês vão ficar molhados. Eu não vou emprestar roupas nem toalhas para nenhum de vocês. E isso inclui você, Carol. Muito engraçadinhos.

— A ideia foi da Vicky — acusou Carol rindo. — Culpe seu amor.

— Você vai mesmo deixar que eles morram de frio? — Vicky perguntou sorrindo.

— Acho que eles merecem — ele respondeu enquanto se enrolava com ela nas toalhas que a empregada trouxe. — Está com frio? — perguntou, abraçando-a ainda mais forte e esfregando seus braços.

— Isso é muito romântico — interrompeu Kevin —, mas vamos ao menos para perto da lareira, se não quiserem matar a gente, ok?

Eles seguiram para a sala e, contrariando sua promessa, Brian providenciou toalhas para todos. Eles se acomodaram no chão, em frente à lareira. James tocou violão e todos acompanharam. Júlia providenciou alguns sanduíches e vinho antes de ir dormir.

— Hey, pessoal, eu queria que vocês vissem algo que fiz esses dias. Acho que tenho um single para o disco. Vamos até a sala de música — Brian convidou.

— Nós já temos um single, Brian — lembrou James.

— Aquela velharia que fizemos no ano passado? Ok, se querem assim. Eu topo aquele single e também o vídeo com imagens de shows, nada mais. Mas tenho o segundo single e umas ideias para um vídeo também. Algo mais elaborado. Vocês não querem ver?

— Ele vai fazer de novo — murmurou Kevin para Ricardo —, vai mexer no álbum de novo.

— Eu quero ver. — Levantou-se Carol, puxando Kevin e seguindo Brian.

Vicky, Carol e Ricardo sentaram-se no chão, em frente aos instrumentos. Brian indicou para que James ocupasse sua posição na guitarra e jogou o violão para Kevin. Distribuiu suas anotações e, depois de algumas tentativas, discussões e correções, conseguiram executar a música.

Ricardo e Carol levantaram-se para aplaudir. Vicky ficou sentada com cara de poucos amigos.

— Gostei — disse Kevin.

— Prefiro algo mais cru — discordou James.

— Por favor, James, diversidade! Além do mais, vai ser um sucesso comercial. É fácil de assimilar. Você pode pôr peso nos solos. Trabalhe nisso e depois me mostre.

— Ok, é sempre bom ter uma balada ou duas — James admitiu.

— De fato — apoiou Ricardo —, um sucesso comercial.

— O que achou? — Brian se dirigiu a Carol, ignorando Vicky.

— Adorei!

— E você, Vicky, o que achou? — James perguntou.

— Eu odeio — ela respondeu.

Todos olharam surpresos.

— Posso saber por quê? — Brian perguntou. — Continua barulhento demais para seus ouvidos sensíveis? — ele provocou.

— Não, não tem nada de errado com a música. Eu detesto a letra. Não se pede para uma pessoa ir embora dizendo que a ama. É contradição. — Encarou Brian.

— Bom, depende das circunstâncias. Pode ser que quem peça

ame mais a pessoa do que ela imagina – ele respondeu com um pequeno chute na caixa de som.

– Eu não estou acompanhando a discussão de vocês – Kevin estava confuso. – Do que estão falando, afinal?

– De coerência – respondeu Vicky rispidamente.

– Vicky vai ser filósofa. Ela busca sentido em tudo – explicou Carol.

– Bobagem – argumentou James –, o refrão é sonoro. O que importa nas palavras é a sonoridade. Só.

– Deixa para lá. É só uma música estúpida. Vou dormir. Boa noite.

Enquanto se afastava, ouviu os comentários atrás dela.

– O que aconteceu? Ela está estranha – perguntou Carol.

Brian deu de ombros.

– É a convivência com Brian – ironizou James. – Acho que ela é mesmo sua cara metade, Brian.

– Vamos trabalhar na música – ele respondeu.

Vicky subiu e foi tomar banho. Se concentrou no barulho da água. Não queria pensar em nada. Sentou-se embaixo do chuveiro e ficou ali por muito tempo. Tinha uma sensação de esgotamento físico tão grande que não sabia se poderia se levantar. Quando tomou coragem, fechou o chuveiro, se enrolou na toalha e seguiu para o quarto. Brian estava sentado na cama.

– Eu não sabia que já estava aí. Vou pegar minhas coisas e me trocar no banheiro – ela disse.

Ele não respondeu, apenas a olhou, de um jeito que fez seu coração acelerar e o calor percorrer seu corpo.

Ela caminhou lentamente em direção à cama e sentou-se em frente a ele. Olhava-o fixamente, a respiração acelerada.

Ele tocou seu cabelo, abaixou o rosto e quando o ergueu novamente tinha a expressão torturada por desejo e dor.

Ela fechou os olhos. Não podia ver aquela expressão. Aquilo a dilacerou. Levantou-se, pegou sua roupa e se trancou no banheiro para chorar. Não queria chorar na frente dele. Lavou o rosto e voltou para o quarto.

– Você não tem medo? – ele perguntou sem encará-la.

– Do quê?

– De se contaminar.

– Não penso nisso. Quando eu estou com você, não sei como

dizer, é tão bom, eu quero você tanto... não me importaria se o mundo acabasse se eu estivasse com você. Ver você se distanciar é o que me apavora. A *única* coisa que me apavora de verdade – ela respondeu, mais francamente do que ele esperava.

Ele deu um suspiro, foi até o banheiro, pegou uma caixa onde guardava preservativos e uma tesoura na gaveta. Começou a picá-los.

– O que você está fazendo, Brian?

– Destruindo os preservativos – ele respondeu. – Nem você vai ser louca o suficiente para transar comigo agora que não temos mais nenhuma camisinha em casa.

– Existem várias formas de transar. Até *eu* sei disso, Brian – disse.

– Nenhuma que eu conheço inclui se manter dentro da própria roupa. É o que vou fazer, me manter dentro da minha própria calça. E você também.

– Você sabe que isso é um absurdo. A gente pode se tocar. A gente já tinha mais intimidade do que você está propondo.

– Você está me superestimando. Eu não tenho esse controle todo. Não com você se entregando desse jeito. Você poderia, por favor, não ter um orgasmo só pelo fato de eu olhar para você?

– Você está sendo grosso – ela disse, sentindo seu rosto aquecer pelo constrangimento.

– E você está me torturando. E me humilhando também. Isso é muito humilhante para mim.

– Você nunca mais vai transar na vida?

– Não com você.

– Eu não ouvi isso, ouvi? – ela perguntou mais para si mesma do que para ele.

– Vicky, preste atenção no que eu vou falar a você. Pode ser que eu suporte isso acontecendo comigo. Acho que posso suportar, mas eu *sei* que não suportaria se fosse com você. Você me entende? Eu *juro* que daria um tiro no meio da sua cabeça e depois na minha – sua voz sooou urgente.

Ela se assustou. Não pela ameaça em si, mas pelo que ela denunciava: o quanto ele estava enlouquecido com aquela situação. Não queria pressioná-lo mais.

– Brian, tudo o que eu quero é ficar ao seu lado. É isso só o que me importa. Com o resto, eu aprendo a lidar. Vem – convidou –, vamos ver os vídeos que a produtora mandou. Eu ajudo você a escolher as cenas de show para o vídeo.

Nos dias que se seguiram, ela evitou qualquer tipo de contato mais íntimo com ele, mas sentia que aquela situação era insustentável, todas as vezes que se olhavam viam que todas aquelas atitudes pensadas, estrategicamente estudadas, iam por água abaixo, o desejo era inegável. Eles não conversaram mais sobre o assunto, esforçavam-se para ignorar as reações que provocavam um no outro.

Quando chegou o dia de voltar ao Brasil, Vicky estava ainda mais aflita. Brian estava sentado na cama, desolado, observando-a arrumar a mala.

– Eu não sei se vou poder dormir sem você na minha cama. Apesar de que dormir com você nela é bastante perturbador. – Ele sorriu triste. – O que eu quero dizer é que passei o feriado todo mandando você embora e agora que vai tenho vontade de gritar para que fique. É insuportável para mim ver você arrumar as coisas e ir embora. Fique, por favor!

Ela pulou sobre ele e o beijou apaixonadamente, até perderem o fôlego. Ele a empurrou delicadamente, o suficiente para tirá-la de cima dele.

– Você é incorrigível!

– Não quebrei regra nenhuma. Ambos estamos vestidos – ela sorriu –, eu só estou feliz com o que disse. Significa que vai me deixar voltar.

O motorista já estava no jardim esperando com Carol no carro. Brian levou Vicky até a limusine e se despediu com um longo abraço. Ficou parado em frente à casa enquanto o carro se distanciava. Assim que cruzaram o portão, Vicky começou a chorar.

– O que foi, Vicky?

– Me deixa chorar, Carol. Eu estou muito triste.

Vicky falou com tanto pesar na voz que Carol decidiu não perguntar mais nada, apenas abraçou a amiga que apoiou a cabeça em seu ombro.

Ela chorou durante todo o caminho e também durante todo o tempo no aeroporto. Quando embarcaram, ainda não tinha parado de chorar.

– A senhora está bem? – perguntou gentilmente a comissária.

– Estou, obrigada. É só enxaqueca – Vicky respondeu.

– Posso providenciar um remédio?

– Não, obrigada. Já vai passar.

Carol não tirava os olhos de Vicky, que, mergulhada em sua dor, mal se dava conta da angústia que provocava na amiga.

O jantar foi servido, mas Vicky não quis comer. Carol deu algumas garfadas, depois brincou com a comida e a empurrou, irritada.

— Vicky, o que está acontecendo? Você está chorando há horas. Não pode ser só porque está voltando. Se for isso, pelo amor de Deus, pule deste avião e volte para lá. Você está me enlouquecendo. É porque estamos voltando?

— Carol, eu quero morrer — ela respondeu com o rosto molhado e os olhos inchados de tanto chorar.

Carol a abraçou de novo e Vicky chorou compulsivamente, tanto que se engasgou com as lágrimas e ficou sem ar.

— Vicky, por favor, respire. Você precisa se controlar! O que foi? Vocês brigaram? Vocês não pareciam brigados. Ele estava tão triste por você voltar...

— Carol — ela disse num sussurro entre lágrimas —, ele vai morrer, Carol, ele vai morrer. Eu não quero viver sem ele. Eu não quero... — sacudia a cabeça enquanto apertava os braços cruzados contra o peito.

Carol não disse nada. Arregalou os olhos, tentando entender o que acontecia enquanto segurava as mãos de Vicky. Teve que esperar alguns minutos até que ela se acalmasse um pouco.

— Por favor — Vicky disse —, não comente isso com ninguém. Nem com o Ricardo ou com o Kevin. Eu não devia ter falado, estava tentando não falar, mas vou enlouquecer se não puder conversar com alguém. Por favor, você promete?

— É claro que prometo. Não vou falar nada, nunca. Do que você está falando, Vicky? Que história é essa de morrer? Você está me deixando nervosa.

Vicky então controlou o choro e contou tudo para Carol. Os planos deles, a casa que ele comprou, sua surpresa ao voltar e encontrar Brian com uma arma na cabeça, a notícia do vírus, o tratamento, a distância que ele impôs a eles. Quando terminou de contar, Carol estava chorando.

— Eu não acredito, Vicky. Não pode ser! Vocês não vão ver outros médicos? Repetir os exames?

— Ele confia no médico. É o mesmo que cuidou da desintoxicação dele. Depois, nos mostraram os exames. Eles foram repetidos. Não há dúvida.

— Mas ver outro médico... — Carol estava aflita para encontrar uma solução.

— Carol, quantos médicos você acha que ele pode ver antes que esta estória se torne pública? Ele não quer isso. Nem eu. Além do mais, eu disse a você, ele confia neste médico. E trouxeram um especialista sei lá de onde para acompanhar o caso. Não há mais nada a fazer. O que vai ser da minha vida, Carol? Eu não vou conseguir viver sem ele. — Ela começou a chorar de novo.

Carol tentou se controlar, tinha que encontrar alguma forma de confortar a amiga. Enxugou as lágrimas antes de retomar a conversa.

— E esse tratamento? Pode ser que dê certo, não é?

— Eu estou morrendo de medo. É experimental, ele nem queria fazê-lo, eu o convenci. A verdade é que ele pode morrer pelos efeitos colaterais. Não há margem de segurança estabelecida. Eu estou apavorada. Toda hora penso em pedir para ele parar de tomar os comprimidos. Se algo acontecer vai ser minha culpa... Mas se peço para ele parar e ele adoece... eu não sei o que fazer.

— Vicky! A sugestão foi dos médicos. Eles devem saber o que fazem.

— O pior é a distância. Ele cismou que não vai me tocar nunca mais. Ele mal me deixa beijá-lo. Quer que eu vá embora. Diz que eu sou muito nova para saber o que eu quero, que eu não posso querer ficar ao lado dele agora.

— Eu não queria tocar nesse assunto, mas talvez ele tenha razão.

— Carol! — ela gritou, depois olhou ao redor e baixou o tom da voz de novo. — Como pode dizer uma coisa destas? Isso é monstruoso da sua parte. Eu não posso deixá-lo. Eu o amo!

— Vicky, você sabe que eu adoro o Brian, mas o que ele tem não é exatamente gripe. Você pode estar apaixonada. Quem não estaria em seu lugar? Mas acho que está exagerando um pouco. Vocês se conhecem há tão pouco tempo e toda essa história de casamento e filhos... Nunca falei nada porque o máximo que poderia acontecer era ele enjoar de você e você sair com um divórcio milionário, mas agora as coisas são um pouco diferentes, não acha?

— Carol, eu o amo! Eu *amo* o Brian. Eu queria que tivesse acontecido comigo e não com ele. Se eu tiver que morrer para estar do lado dele, é isso o que eu quero. Mesmo que ele nunca mais me toque, que adoeça amanhã, que eu tenha que assisti-lo morrer... O que eu quero é estar ao lado dele. Eu amo o Brian, Carol, mais do que eu posso entender, mais do que eu posso explicar. – As lágrimas voltaram ao seu rosto. – Eu devia ter ficado lá com ele. Não devia ter voltado.

– Desculpe – Carol suspirou –, eu só estava tentando proteger você. Você é minha melhor amiga. E é claro que tinha que voltar. O que ia dizer para sua família? E você não está em condições de estar com ele agora, você precisa se fortalecer, Vicky, eu nem quero imaginar se ele vê você assim. Tudo aconteceu tão rápido. E essa história do vírus é tão estranha...

– Como assim, estranha? Pelo tipo de vida que ele levava não me parece nada estranha.

– Estranho ele descobrir justo no dia em que você chegou. Quero dizer, foi uma sorte também, senão provavelmente estaria morto. Mas esses exames, tudo estranho. Por que fazem esses exames nele?

– Não é só nele. A banda toda é submetida a check-ups por causa do histórico de drogas e das turnês distantes. O Brian me disse que é o mesmo esquema que usam para atletas de alta performance. Protocolo.

– Mas teste para HIV?

– O que você está sugerindo? Vai ver que ele pediu, aproveitou os exames e pediu, até por causa da gente, dos nossos planos.

– Estou sugerindo que é estranho que ele tenha essa notícia agora, com você lá e depois dele anunciar que vai deixar a banda.

– Eu ainda não sei aonde você quer chegar. Acho que eles insistiram para falar com ele naquele dia por dois motivos que me parecem óbvios: primeiro porque depois que viram os exames dele entraram em contato com o especialista e dependiam da agenda desse médico para que ele visse o Brian. Segundo, que comigo lá seria muito mais fácil manter o Brian sob controle e convencê-lo a ir falar com o tal especialista. O que mais poderia ser?

– Uma boa forma de tê-lo sob controle. Isso certamente arruinaria os planos de vocês e o que restaria para ele seria mergulhar no trabalho. Aliás, como ele está fazendo. Agora eu entendi a discussão de vocês sobre aquela música...

– Carol, você vê TV demais. Ninguém arriscaria algo assim. Não com o Brian. Ele ia dar um tiro na cabeça, lembra? Além do mais, eu nem acho que estavam levando a sério essa história dele deixar a banda. Provavelmente, estavam todos pensando como você. Que ele mudaria de ideia. Você pode dizer melhor do que eu. O Ricardo comentou alguma coisa?

– Ele acha que o Brian vai mudar de ideia, que é só mais um capricho dele. Mas eu dormi na casa do Kevin, você sabe, e ele estava muito impressionado com a relação de vocês. E o Kevin conhece o Brian há muito mais tempo do que o Ricardo.

– Impressionado como?

– Impressionado. Disse que nunca viu o Brian lúcido por tanto tempo e nem tão feliz. Na verdade, ele estava impressionado e preocupado com a intensidade do que acontecia entre vocês. Disse que o Brian estava tomando decisões muito sérias por alguém que mal conhecia e que ele ficava preocupado. Foi isso. Ele não quis falar muito a respeito, já que eu sou sua amiga. De qualquer forma, eu disse que também estava preocupada, só que com você, no caso de ser realmente mais um capricho dele. O Kevin disse que desta vez parecia ser bem mais do que isso, mas que não podia ter certeza, pois o Brian é sempre muito inconstante, aí mudamos de assunto.

– Então, sua teoria da conspiração foi por água abaixo. Além do mais, ele ia cumprir os contratos e ajudar a encontrar outro vocalista para o Fears.

– O Fears sem o Brian? Até parece...

Vídeos e trabalho

Quando voltou a Los Angeles, dez dias depois, Vicky foi levada direto para o estúdio onde o Fears gravava as cenas internas para o novo vídeo.

Assim que entrou, encontrou Ricardo sentado ao fundo do set, atrás das câmeras, e a banda reunida em torno de uma mesa. Era uma cena de festa.

Ricardo sorriu e acenou para ela, que correu até ele e o abraçou em silencio para não atrapalhar a filmagem. O diretor interrompeu a gravação para algumas instruções. Brian notou a presença de Vicky, mas não se mexeu, apenas a olhou rapidamente e se voltou para o diretor. James e Kevin vieram abraçá-la. Os outros integrantes da banda acenaram.

Brian permaneceu em pé, em frente às câmeras, até receberem as instruções de que todos deveriam voltar aos seus lugares. Fariam um novo take.

– Quem é ela? – Vicky perguntou num sussurro a Ricardo.

– Tiffany. É uma atriz que Brian escolheu para contracenar com ele no vídeo. Acho que fazem um par romântico ou coisa assim. O roteiro me parece confuso.

– O que estão gravando?

– É o vídeo para aquela música que ele nos mostrou na festa, lembra?

– Aquela? – perguntou com desaprovação.

– É. Aquela que você não gosta. Eu gosto, mas esse vídeo parece mais um longa-metragem. Acho que ele exagerou um pouco. Veja os desenhos das cenas – disse, passando o roteiro gráfico para ela. – Foi bom que você chegou. Ele está o cão desde que você foi e hoje definitivamente não está num bom dia. Está fazendo todo o trabalho do diretor. Acho que vamos passar o dia inteiro aqui se você não convencê-lo a ser menos perfeccionista e fazer algo mais interessante com você em casa – reclamou.

Vicky pegou os desenhos e os examinou. Teve que olhar algumas vezes para elaborar o que via. Foi tomada por surpresa e indignação. "O que ele pretendia com aquilo?", pensou.

Continuou a revirar os papéis em suas mãos, de trás para frente e frente para trás. Quanto mais mexia neles, mais sua raiva aumentava.

– Brian! – ela gritou do fundo do estúdio.

– O que é isso, Vicky? Você enlouqueceu? – perguntou Ricardo surpreso.

Ela o ignorou e atravessou as câmeras, interrompendo as gravações.

– O que é isso agora? – perguntou o diretor.

– Acho que precisamos falar sobre isso. – Vicky ignorou o diretor e sacudiu os papéis em sua mão na frente do rosto de Brian.

– Está tudo bem, pessoal – Brian disse para todos no estúdio. – Vamos fazer uma pausa de dez minutos.

Ele a olhou com raiva.

– Venha – ele disse enquanto seguia para o camarim. Fechou a porta antes de perguntar. – Sobre o que quer falar?

– O que você pretende com isso, Brian? – ela perguntou, sacudindo o roteiro no ar.

– Um vídeo – ele respondeu enquanto acendia um cigarro.

– Com essas cenas? – ela perguntou.

– Exatamente.

– E por que, Brian? Para que fazer isso?

– Qual é o *seu* problema, Vicky? – ele perguntou irritado.

– O meu problema é que eu deixei a faculdade para voar não sei quantas horas para ver você e você nem olhou na minha cara. O meu problema é chegar aqui cansada, morrendo de saudade e ser ignorada desse jeito para assistir a você cometendo suicídio social. O meu problema é ligar a TV e ver as cenas que eu quero esquecer e que não saem da minha cabeça, que não me deixam dormir em um maldito vídeo. Esse é o meu problema!

– Não ligue a TV então – ele respondeu, provocando-a.

– Brian, o que você pretende com isso? Se quer assumir publicamente o que aconteceu, convoque uma coletiva de imprensa. É isso que quer? Porque eu achei que não fosse. Uma coletiva seria menos dramática do que essas cenas. Você não percebe que está tornando as coisas mais difíceis para nós? Como vai explicar isso? Acha que as pessoas são burras?

— Então é esse o problema? O que seus amiguinhos vão pensar? Ou a mamãe e o papai? Papai e mamãe não vão gostar da ideia de você estar tentando trepar com um cara com AIDS? Me dê um tempo. Tenho mais o que fazer.

— Você não tem a menor consideração por mim, não é? – ela constatou com pesar. – É a minha vida que você está filmando, Brian, a *minha* vida. E da maneira mais bizarra, apelativa e distorcida possível. Por que você está fazendo isso?

— Porque eu tenho que ser honesto com o meu trabalho, por isso – ele gritou. – E o vídeo não é sobre a sua vida, é sobre a minha.

— Mas é a minha vida também. Você não tem o direito de fazer isso.

— Ok, o vídeo é sobre nós dois; então, essas são exatamente as cenas que tenho que filmar. O que você espera que eu filme sobre nós? A casa nova cheia de crianças brincando? Cachorro no jardim? O casamento com que sonhamos? É isso o que quer? Acho que dou um jeito de incluir essas cenas se fizer questão – ele ironizou, e depois alterou o tom da voz. – Eu não vou deixar você interferir no meu trabalho! O trabalho do Fears sempre foi honesto e vai continuar sendo. Além do mais, é só um vídeo. Ninguém fica interpretando cenas de vídeo. Só você, que não tem muito em que pensar e fica procurando sentido em tudo através de seus livros estúpidos. O vídeo pode significar qualquer coisa; um sonho, um conto, uma alucinação. Se era só isso, com licença, eu tenho trabalho a fazer.

Brian voltou para o set e Vicky ficou no camarim. Chorou de raiva, depois respirou fundo e voltou para o estúdio.

Haviam retomado as filmagens, a mesma cena da festa, só que com foco no casal que Brian fazia com Tiffany. Era uma cena romântica, em que eles se beijavam. Brian quis repetir a cena muitas vezes, tantas que Vicky ficou nauseada.

O diretor insistiu que a cena estava convincente, mas Brian não estava satisfeito, queria repeti-la mais uma vez. Vicky ficou em pé, não contendo a indignação, mas Ricardo a puxou pelo braço e fez com que ela se sentasse de novo.

Brian não desgrudava os olhos de Tiffany, acariciava seu cabelo e segurava sua mão entre uma tomada e outra.

– Você não se importa de fazer a cena de novo, não é, querida? – ele perguntou para Tiffany enquanto lhe beijava o rosto.

Foi demais para Vicky. Ela se levantou e deixou o set. Seguiu pela parte externa do estúdio, procurando a saída. Ricardo a seguiu.

– Vicky! Aonde você vai?

– Onde é a saída deste lugar? Por favor, pede para pegarem as minhas coisas na casa do Brian e deixarem no guichê da companhia aérea. Vou pegar um táxi. Vou para o aeroporto.

– Mas sua passagem de volta é para domingo!

– Eu peço para alterarem.

– Vicky, eu não posso deixar você ir embora sem falar com o Brian. Espero que você entenda. É o meu trabalho. Não vou autorizar táxi nenhum a entrar aqui sem falar com ele.

– Então eu pego o táxi na rua. E diga para ele ficar com minha mala de lembrança.

– Também não posso deixar você sair. Por favor, compreenda.

– Eu sou sua prisioneira, então? Sua não, do Brian, mas você é babá dele, não é?

– É meu trabalho. Me desculpe. – Ele realmente se desculpava pelo modo como falou.

Ela mordeu os lábios de raiva, mas resolveu considerar. Ricardo era irmão de Carol, não queria que ele se envolvesse em uma confusão por causa dela. Seguiram de volta ao estúdio. Não estavam filmando. Brian fumava próximo ao camarim.

– O Ricardo precisa de sua autorização para eu sair desse lugar – Vicky disse para Brian.

– E para onde vai?

– Para o aeroporto.

– Você iria a qualquer momento mesmo, não é? Agora que já não tenho mais nada para oferecer a você. Ok, diga para o Ricardo que eu autorizei – ele respondeu com acidez.

– Você é patético! – Ela o olhou com desprezo. – Agora você vai dizer que eu estou deixando você? Faça uma música sobre isso também, Brian Blue. É tudo sobre isso, não é? Sua arte, sua música. Faça-me o favor! Você não está nem aí para mim. Espero que aproveite seu sucesso comercial. Não é isso que esse vídeo vai significar para você? Sucesso comercial? Mais dinheiro? Não foi o que disse aquele dia em sua casa? Aproveite seu sucesso. Eu vou para casa e não é porque estou deixando você, é porque você não se cansa de me mandar embora, Brian. Seja homem e assuma isso.

– Não é a primeira vez que me deixa – ele respondeu entre dentes.

– Do que você está falando? – ela perguntou inconformada.

– Estou falando de dez dias atrás. Eu pedi para você não ir, e você nem me respondeu, simplesmente arrumou suas coisas e foi embora.

Vicky estava confusa. Então era por isso que ele estava tão frio com ela no telefone todos aqueles dias? Por isso a tratava daquele jeito agora?

– Brian, meu amor – ela disse com doçura enquanto tocava o rosto dele –, eu tinha que voltar. Você sabe que eu tinha. O que ia dizer para a minha família? Você acha que é fácil para mim ficar sem você? Nós temos planos, Brian, só temos que ser pacientes, eu vou me mudar em poucos meses.

– Eu não tenho seis, nove meses para esperar, Vicky! Você *sabe* que eu não tenho.

– Não é verdade. Você está bem, Brian, você mesmo me disse isso, ou não está?

– Estou, mas não sei por quanto tempo.

– Brian, você não está doente. Mesmo que estivesse, poderia esperar alguns meses. Eu não acho justo que me chantageie assim. Eu amo você Brian, mas preciso ter um pouco de consideração pelos meus pais. Eu devo isso a eles. Por favor, entenda, são só alguns meses.

– Pois eu estou cansado, Vicky, estou cansado de ter que fazer todas as suas vontades. É só dos seus pais que você me esconde ou você tem alguém em São Paulo? Você sabe que é isso que falam sobre você? Que essa é a explicação mais plausível para você não querer ser vista comigo. Todo mundo quer ser visto comigo, Vicky! Todo mundo. Por que diabo você tem que ser diferente?

– Agora *eu* tenho outra pessoa? Você não está invertendo as coisas, não? Não fui eu que passei o dia todo me esfregando em outra pessoa na sua frente!

– Substitua-a.

– O quê?

– Substitua-a no vídeo. Ele é sobre você, não sobre ela. Faça a filmagem comigo, no lugar dela. Existem muitos tipos de trabalho que eu posso arrumar para você. Por que raio você quer ser filósofa? Para que serve isso, afinal de contas?

– Eu não posso ser a pessoa que você quer que eu seja, Brian. Eu gostaria que tivesse um pouco de respeito pelo que eu quero. Por que seu trabalho é tão mais importante que o meu?

– Não me faça rir. Eu estou abrindo mão do meu trabalho por você, para ficar com você. Sabe quanto dinheiro eu perdi com o atraso do álbum? Com os cancelamentos dos shows? Tem alguma ideia do quanto eu gasto com advogados para que eles redijam contratos de confidencialidade para que todos assinem por sua causa, Vicky? Porque você não quer ser vista comigo, porque seu nome sagrado não pode jamais ser citado? Milhões, Vicky, milhões! Tantos, que nem que você trabalhe por encarnações inteiras como filósofa vai saber do que eu estou falando!

– Eu não pedi nada a você.

– Você pediu sim. Pediu para que eu concordasse com essa ideia estúpida de me esconder de todos na sua vida. Eu concordei por você, Vicky, por você. Não me peça para gostar disso. Eu não gosto!

– Foi seu o plano de eu vir estudar aqui. Se a gente pode conciliar as coisas, por que você me obriga a escolher entre minha vida e você? Só por um capricho seu? Para satisfazer o seu ego? O que mais você vai me pedir depois? O que mais eu tenho que fazer para provar que amo você? Você não pode ser tão inseguro assim. Eu faria qualquer coisa, Brian, qualquer coisa que você realmente *precisasse*, mas não me peça para fazer algo assim só por um capricho seu. Não é justo comigo.

– Não, não é mesmo. É isso que você tem que fazer, Vicky, viver a sua vida. Encontre alguém da sua idade que um dia vá ser engenheiro, médico ou advogado e vá viver a sua vida. Não tem nada na minha para você. Adeus.

– Brian, por favor, não faça isso comigo. Eu amo você. Por que está fazendo isso? Você se apaixonou por essa tal de Tiffany? Você não me ama mais? É isso? Eu preciso saber – ela perguntou chorando.

Ele a olhou por um breve segundo, fechou os olhos e respirou fundo para tomar fôlego.

– Não – respondeu já de costas para ela, caminhando em direção a Ricardo.

— Ricardo, por favor, providencie para que a Vicky vá embora o quanto antes.

♪♪♪♪♪♪

Estavam todos espremidos ao redor da minúscula mesa redonda de vidro na sala do apartamento em São Paulo.
— Vicky, por favor, você tem que comer alguma coisa. Eu chamei todo mundo para almoçar aqui para animá-la um pouco e você nem tocou na comida – Carol falou enquanto enrolava espaguete no garfo da amiga. – Coma uma garfada ou duas. Há dias você quase não come.
— E não vai à aula também, quer dizer, até vai, mas não está lá – complementou Mônica. – Você não pode ficar assim por causa de um fim de namoro, Vicky, daqui a pouco você arruma outro. Esse cara era todo estranho mesmo, todo misterioso.
— Você o conhecia há tão pouco tempo, sabe super pouco dele. Um cara mais velho, gringo. Não podia dar certo mesmo. Até quando iam namorar a distância? Billy, isso nem é um nome de verdade. E essa história dele trabalhar com exportação. Exportação do quê? – Verônica perguntou.
— Eu não sei, Verô, eu não me interessava muito pelo trabalho dele.
— Pois é, ele mal contou a vida dele para você, leva você para lá e você o pega com outra e ainda fica assim? Não, nós não vamos deixar. Vamos ficar com você, todos os dias, até você se animar novamente.
Ítalo apenas olhava entristecido para Vicky, sem participar da conversa. Quando falou, achou melhor mudar de assunto.
— Vicky, vamos à escola comigo. Tenho certeza que você consegue pegar algumas aulas como professora substituta. Pelo menos é uma boa distração.
— É, acho que é uma boa ideia – ela concordou.
A televisão estava ligada em um canal especializado em música. Ítalo e Vicky faziam planos sobre as aulas de filosofia quando foram interrompidos por Verônica.
— Gente! Olha a nova namorada do Brian Blue.
Vicky manteve os olhos grudados na TV. Um compilado de cenas de Brian com Tiffany desfilava a sua frente. Os dois em momentos íntimos ou em eventos públicos, mãos dadas, sorrisos nos

rostos. A narradora dizia que Brian havia se apressado em arrumar uma substituta para a recente ex-esposa. Tiffany era atriz e todos afirmavam que Brian se apaixonara por ela à primeira vista. O fim da reportagem concluiu com o óbvio: eles formavam um lindo casal.

— Ela é mesmo linda — Verônica disse admirada.

— Pois eu acho que ela é magra demais! — Carol respondeu em um tom despropositadamente agressivo enquanto desligava a TV. — E chega de TV. Já que ninguém vai comer mais nada mesmo, vou levar esses pratos para a cozinha. Ítalo, por que não toca para a gente?

Todos se sentaram no chão, com exceção de Vicky, que continuava na mesa, entorpecida pela tristeza que crescia nela.

Mônica olhou para Ítalo e fez um sinal para que ele começasse a tocar. Sua intenção era distrair Vicky, já que falar sobre o tal Billy não a estava ajudando.

Ítalo tocou e Verô começou a cantar, acompanhada timidamente por Mônica, que continuava preocupada com Vicky. Tocaram um rock nacional e depois Fears.

Vicky continuou imóvel na mesa por uns minutos, mas então lágrimas começaram a escorrer pelo seu rosto e ela correu para o banheiro.

— Essa música não! — gritou Carol voltando da cozinha quando ouviu a porta do banheiro batendo. — Não vamos mais tocar Fears aqui em casa, tá bom?

Verônica parou de cantar.

— Carol, você está estranha hoje. Qual o problema com o Fears? Você adora.

Carol suspendeu as sobrancelhas antes de responder.

— É a banda preferida do Billy. Ele tocava algumas coisas para a Vicky, então ela fica triste. Só isso — respondeu, satisfeita por não ter contado *exatamente* uma mentira.

Vicky voltou para a sala e eles ficaram tocando até anoitecer.

Os dias passavam arrastados e de noite Vicky mal podia dormir.

Quase dois meses se passaram e era muito difícil esquecer Brian, tanto pela intensidade do que tinham vivido como pelo fato dele estar em todos os lugares o tempo todo; na TV, nas rádios, nos pôsteres em todos os centros acadêmicos da universidade, estampado nas camisetas dos colegas ou de estranhos nas ruas, nas capas das mais diversas revistas, em todas as festas e rodas de violão ou conversa que frequentava. Onde quer que olhasse, lá estava ele, onde quer que fosse ele estava, em todos os lugares, mas, principalmente, dentro dela. Era uma tortura.

Vicky se encheu de trabalho. Conseguiu dar aulas duas vezes por semana na escola em que Ítalo trabalhava, fazia trabalho como voluntária em uma ONG que trabalhava com prevenção ao HIV/AIDS, se ofereceu como monitora na faculdade, mergulhou em seus livros e trabalhos escolares. Não se permitia ter tempo livre.

Quando não estava trabalhando, estava com os amigos. Passaram a viajar quase todos os finais de semana e, se ficavam em São Paulo, saíam durante todo o dia e à noite também. Ela nunca era deixada sozinha. Tinha os melhores amigos do mundo. Eles se divertiam muito e colecionavam boas histórias juntos, mas nada, nada disso parecia ajudar.

À noite, quando estava sozinha na cama, ela chorava baixinho para não acordar Carol. Era à noite também que rezava. Rezava para esquecer Brian e para que ele estivesse bem.

Não importava o quanto se preenchesse com atividades, diversão ou trabalho, o vazio continuava lá.

Carol evitava falar sobre Brian, mas às vezes, quando percebia que Vicky estava chegando ao limite, se rendia e elas tocavam no assunto. Ela achava que Brian havia mentido sobre o fato de ser soropositivo, que esta era só uma forma de se afastar da amiga por ter se apaixonado tão loucamente por Tiffany depois de ter jurado amor eterno à Vicky. Ou então, ela conjecturava, ele realmente se contaminou e ficou muito assustado com o fato de Vicky ser tão jovem e inexperiente que preferiu se envolver com alguém mais próximo de sua realidade, de sua idade, de seu meio social. Alguém com quem ele não sentisse tanta culpa por se relacionar. Alguém com quem ele poderia transar. Uma mulher adulta, que podia fazer suas próprias escolhas, e não uma adolescente como Vicky. De qualquer forma, era com Tiffany que ele estava agora e Vicky deveria esquecê-lo, como ele a esquecia. Essa era sempre a conclusão de Carol.

Vicky a ouvia com os olhos úmidos e em silêncio. Carol tinha razão, ele estava com outra, estava esquecendo-a. Isso não deveria ser surpresa para ela, ela podia ver os dois juntos todos os dias se quisesse, era só ligar a TV, mas, a despeito de todas as evidências, a despeito da realidade, Vicky recusava-se a acreditar naquilo.

Ela repetia em voz alta, todos os dias, para que se ouvisse: "Brian tem outra pessoa", "Brian é inconstante, todos sabem disso", "Brian se apaixona e desapaixona sem critério", "Seja razoável, Vicky, pelo amor de Deus. Você é mais inteligente do que isso", "Esqueça-o, esqueça-o, esqueça-o".

Mas ela não o esquecia. E não importava o quanto racionalmente sabia que aquilo fazia sentido; tinha sido um capricho para um rock star excêntrico, nada mais. Foi ingênua de se envolver tanto e de acreditar nele. Ela sabia, racionalmente. Sabia também que havia sido seduzida pela loucura, pelo poder, pela fama dele. Isso tinha feito bem ao seu ego. Não podia amá-lo, mal o conhecia.

Nada do que sabia racionalmente compactuava com o que ela sentia. A tristeza continuava a rasgar seu peito, a saudade a torturava. Sua vida era um imenso buraco sem ele. Seu corpo gritava pelo dele. Seu coração insistia em bater descompassado se ela ouvisse seu nome. E Deus não a estava ouvindo, por mais que rezasse não o tirava da cabeça, da pele, da respiração. Tudo nela gritava o nome dele. Aquilo não fazia sentido, mas ela o amava, tanto e tão irrestritamente que, sabia, jamais amaria a outra pessoa assim. E ele também a amava. Ela sabia. Ele não poderia olhá-la daquele jeito se não a amasse, não poderia tocá-la com tanta intensidade e entrega se não a amasse, o sorriso não rasgaria seu rosto, iluminando-o daquele jeito se ele não a amasse. Ela não podia pensar no sorriso dele, fazia com que ela se despedaçasse. Não podia mais viver daquele jeito.

– Carol – Vicky sacudiu a amiga no escuro. –, eu vou ligar para o Brian.

– O quê? – Carol respondeu sonolenta – O que foi, Vicky? Que horas são?

– Acho que umas quatro horas. Eu não consigo dormir. Vou telefonar para ele.

Carol ligou a luz do abajur e esfregou os olhos.

– Vamos conversar, se você quer conversar – disse com mau humor e olhando o despertador ao lado do criado mudo. – Você vai ligar para ele para que, Vicky? Para ouvir *de novo* a Júlia dizer que ele não está? E não me peça para falar com o Ricardo, ele *já* me disse que não quer se envolver nisso. O que você quer dizer para o Brian, Vicky?

– Eu não sei, mas eu preciso falar com ele. Eu sei que ele não me esqueceu, que me ama, que está aflito também, eu sei, Carol, é isso que eu vou dizer para ele – sua voz era cheia de súplica.

— Vicky, a única coisa que você sabe é que ele está morando com aquela atriz — ela disse num suspiro, depois sua expressão ficou mais alerta. — Sabe de uma coisa, liga. Liga logo. Quem sabe a Tiffany atende o telefone e você se convence de uma vez por todas.

— Eu vou ligar, Carol.

Júlia atendeu.

— Júlia, antes que você me diga que o Brian não está, me escute, por favor. Eu *preciso* falar com ele. Por favor, Júlia, por favor! Peça para ele me atender só uma vez. Eu prometo que, se ele me pedir, eu nunca mais ligo para ele. Por favor, vocês não podem me negar isso.

Júlia ficou em silêncio do outro lado da linha.

— Por favor! — Vicky estava implorando.

— Eu não devia dizer isso, mas acho que você deveria vir para cá. Logo.

Reencontro

Anestesiada. Era como Vicky se sentia durante aquele voo que não tinha fim. Não havia dormido nem por um minuto, podia jurar, mas não tinha certeza de estar acordada. Fragmentos de imagens e diálogos passavam por sua cabeça, tão rápidos e inquietantes que não faziam sentido. O fone de ouvido estava ligado no último volume, mas ela não sabia o que tocava, apenas esperava que o barulho afastasse de sua cabeça aquela sensação para a qual, por mais que procurasse, não encontrava um nome.

Seguiu mecanicamente para o desembarque, encontrou o motorista de Brian e não disse uma palavra, apenas entregou a mala que Carol havia preparado para ela.

Quando chegou ao hospital, precisou se esforçar para encontrar a própria voz. Ela saiu baixa, suave e calma demais quando pronunciou o nome sob o qual Brian estava internado. Assim que se identificou, foi encaminhada por um segurança para uma área restrita da internação. Havia uma sala de espera pequena e um corredor que se abria para poucos quartos; quatro ou cinco. Todos vazios, com exceção do que provavelmente seria o de Brian, onde notou uma movimentação de enfermeiros e médicos.

Estava parada em frente ao quarto quando percebeu que não estava sozinha. Kevin, James e Ricardo estavam na sala de espera. Ela provavelmente passou por eles sem notar.

– Vicky! – Ricardo chamou. – Não pode entrar agora. Parece que estão fazendo um procedimento.

– Como ele está? – ela perguntou sem nenhuma expressão no rosto.

— Agora quer saber como ele está? — Kevin interrompeu e caminhou agressivamente em sua direção.

— Calma, cara. — James puxou Kevin pelo braço, impedindo-o de seguir.

— Você vai defender essa vaca? Francamente, James. Eu vou embora. Me liguem quando tiverem alguma notícia.

Kevin saiu carregando a garrafa que mantinha presa ao cinto. James acendeu um cigarro enquanto olhava para Vicky. Ela continuou imóvel.

— Não dê importância ao Kevin, ele está bêbado — Ricardo disse para ela antes de responder sua pergunta. — Os médicos conseguiram estabilizar o Brian. Parece que ele misturou todo tipo de remédio com álcool e coca. Júlia chamou os paramédicos porque ele se trancou no quarto e se recusava a falar com qualquer pessoa. Eles tiveram que arrombar a porta. Foi uma sorte terem chegado a tempo. Ele já estava inconsciente.

"O problema agora é que ele se recusa a aceitar o tratamento. Já arrancou o soro tantas vezes que estourou todas as veias. Tiveram que sedá-lo e imobilizá-lo. A princípio, a gente pensou que fosse só o efeito químico da coisa, mas ele continua agitado, pedindo que a gente o deixasse morrer em paz, dizendo que já entregou o álbum e que então podemos deixá-lo morrer, coisas assim. Tá feio de ver — ele fez uma pausa antes de continuar. — Quando você ligou, isso foi coincidência, a Júlia tinha acabado de voltar do hospital. A ideia de trazer você dividiu o pessoal aqui, ele não quer ver você, você sabe, mas ela já tinha tomado a decisão e parecia certa de que você poderia ajudar. Ninguém interferiu porque não há muito mais a fazer.

"Vicky — ele perguntou —, o que está havendo entre você e o Brian, afinal?"

Ela não respondeu, foi se sentar em um canto da sala esperando que liberassem a entrada no quarto. Precisava processar o que tinha ouvido. A pergunta de Ricardo ecoava em sua mente. O que estava havendo entre Brian e ela, ele perguntou. Ela já não sabia responder. Viu Tiffany cruzar a sala na direção de James. Ela caminhava tão elegantemente que praticamente desfilava. Estava vestida e maquiada de maneira impecável, parecia ter saltado de um comercial de tevê.

"O que eu estou fazendo aqui?", Vicky se perguntou enquanto lembrava que há dias não se olhava no espelho. Sentia-se pequena, feia e insignificante perto daquela mulher.

Queria sumir. Não conseguiria ficar no mesmo ambiente que Tiffany, não poderia vê-la de novo com Brian. Estava dilacerada pelo ciúme.

O que Júlia estava pensando quando pediu para que ela viesse? Aquela situação era tão humilhante! Carol tinha razão, ela merecia passar por aquilo: ver os dois juntos pessoalmente, quem sabe assim esquecia. O que quer que se passasse com Brian, não tinha a ver com ela. Não deveria ter vindo.

Vicky não conseguia olhar para Tiffany, abaixou o rosto, tentando não notar que os três mantinham os olhos fixos nela.

Já que estava lá, veria Brian, decidiu, uma visita rápida e voltaria para casa, de onde não deveria ter saído.

Sentiu o chão se abrindo embaixo dela quando Tiffany seguiu em sua direção.

"Não, meu Deus, por favor, não. Eu não mereço isso", pensou quando ela se sentou ao seu lado.

– Oi, Vicky – Tiffany disse em uma entonação perfeita.

– Oi – Vicky respondeu, sem levantar o rosto.

– Quer um cigarro? – perguntou enquanto acendia o dela.

– Obrigada, eu não fumo.

– Ah, é verdade, Brian me falou.

"Por favor, eu não quero saber o que vocês falam sobre mim", pensou, mas respondeu algo completamente diferente.

– Vocês podem fumar aqui?

– Quem se importa? – respondeu tragando o cigarro.

Um silêncio ensurdecedor se colocou entre elas. O ar se tornou tão denso que Vicky sentia o peso em seus ombros. Não podia mais sustentar aquela situação.

– Tiffany – ela disse –, eu não quero causar nenhum problema. Só passei para dar uma olhada no Brian porque fiquei preocupada, mas acho que não foi uma boa ideia. Diga para ele que eu estive aqui e que espero que ele fique bom. Acho que já vou.

– Mas não vai ver o Brian!? – Tiffany perguntou surpresa.

Vicky estava perplexa. Aquela mulher, além de linda, era absurdamente madura e livre de todos os sentimentos mesquinhos que a atordoavam. Ou apenas segura demais, o suficiente para saber o quão insignificante ela tinha sido para Brian.

– Bem, se você não se importa – Vicky respondeu, olhando-a pela primeira vez, intrigada.

– E por que eu me importaria? Somos amigos.

— Desculpe, Tiffany, nada pessoal, mas não conseguiria ser sua amiga, não sou tão madura assim. Acho melhor eu ir.

— Não, você traduziu mal, eu não quis dizer amig*as*, e sim amig*os*. Eu e Brian somos amigos.

— Amigos? — Ela piscou diversas vezes, tentando organizar os pensamentos.

— É.

— Mas vocês não estão juntos? Quero dizer, depois que se conheceram nos testes para o vídeo?

— Eu e o Brian nos conhecemos já há alguns anos, Vicky, eu pensei que alguém já tivesse contado a você a esta altura. Tem certeza que não quer um cigarro? Você parece precisar de um.

Vicky discordou com um gesto e Tiffany continuou.

— Eu e Brian somos amigos há mais de três anos. Ele me convidou para participar do vídeo porque estou passando por um divórcio custoso e um pouco de divulgação seria bom para mim. Bem — ela prosseguiu —, depois que vocês brigaram ficou difícil fazer o Brian comparecer a todos os eventos públicos aos quais ele era obrigado a ir por contrato, então nossos empresários conversaram e decidiram que seria bom para nós dois um contrato até o final da turnê. Eu acompanharia o Brian e o manteria sob controle nos eventos e ele alavancaria minha carreira. Por alguma razão, ele achou que seria bom para você acreditar que ele tinha outra pessoa, então todos concordamos.

— Amigos? — Vicky estava boquiaberta.

— Bem, vou ser sincera com você. Nós já nos divertimos juntos algumas vezes. Você sabe do que eu estou falando, mas isso não muda o que de fato somos: amigos. É o jeito como as coisas funcionam por aqui, você já deve saber agora.

— Sei... — ela concordou por concordar. Estava zonza, tinha que se concentrar para ouvir a voz de Tiffany.

— Espero que vocês se entendam. Você é realmente muito jovem e o Brian pode ser muito complicado às vezes, mas ele não se saiu muito bem sem você. E você também parece que não, está com uma aparência péssima, não me leve a mal.

Vicky já não estava mais ouvindo o que Tiffany falava.

James se aproximou.

— Vicky, você pode entrar agora. Nós estaremos aqui. Você precisa de uma bebida?

Ela se levantou e caminhou pelo que parecia uma eternidade até o quarto de Brian. Quando enfim conseguiu entrar, ficou estarrecida diante do que viu:

Brian deitado na cama, vestido com um avental hospitalar, ligado a uma infinidade de aparelhos que provavelmente monitoravam sua condição, os pés e as mãos amarrados. Os hematomas nos braços eram resquícios de sua luta contra a medicação endovenosa, que agora era ministrada através do dorso da mão.

Vicky se aproximou lentamente e manteve os olhos fixos nele, tinha medo de piscar e ao abrir os olhos não encontrá-lo mais lá. Ela se mexia com cuidado, era como se pudesse machucá-lo pelo simples fato de caminhar pelo quarto ou respirar. Ele parecia tão frágil e ela sentiu, pela primeira vez, uma aproximação muito real com seu pior pesadelo: estava perdendo Brian.

Ela se colocou ao lado do leito. Ele estava com os olhos vazios presos ao teto, sem notar quem o visitava desta vez.

– Brian? – ela chamou num sussurro enquanto acariciava seu cabelo.

Ele voltou os olhos para ela por um breve instante, o suficiente para que eles se enchessem de lágrimas, e então virou o rosto e fechou os olhos, deixando as lágrimas escorrerem.

Ela sentiu um nó se fazer em sua garganta, como se seu coração estivesse preso à traqueia, impedido de bater e de deixá-la respirar.

– Brian, meu amor, por favor, olhe para mim! Eu estou aqui, eu vim para ficar. Pare de tentar me ignorar. O que foi que você fez? O que está tentando fazer? – Ela enxugava o rosto dele delicadamente com os dedos. – E o que estão fazendo com você? – disse enquanto desamarrava as pernas e os braços dele, mas ele não se mexeu.

– Brian, por favor, fale comigo – ela suplicou –, não faça isso comigo. Eu amo você, eu não sei viver sem você. Eu não posso viver sem você – repetiu baixinho em seu ouvido e lhe beijou o pescoço, o rosto e os lábios. Seus corações bateram em uníssono. – Fale comigo, meu amor – ela insistiu.

Ele permaneceu em silêncio, exceto pelo choro que se tornava um pouco mais audível. O rosto voltado na direção contrária a ela.

Ela curvou o corpo contra o dele. Queria sentir o seu cheiro, o calor da sua pele, sentir seu coração batendo; senti-lo vivo.

— Por favor... me deixe — Brian falou pela primeira vez com a voz enfraquecida.

— Eu não vou deixar você. Nunca. Eu não posso. Você é a minha vida. Como alguém deixa a própria vida? Como você pensou em *me* deixar? Como? – perguntou angustiada.

— Eu... não posso – ele falou com dificuldade –, eu tentei... não consigo sem você... me deixe morrer.

— Viva comigo então! – ela respondeu com a voz cheia de dor.

— Não posso – esforçou-se para responder.

— É claro que você pode! Talvez não a vida que sonhou para a gente, mas a vida que nos é possível. Por favor, não tire isso da gente – pediu.

— Me deixe... vou morrer.

Ela puxou o rosto dele em sua direção com força e o manteve preso entre as mãos.

— Olhe para mim, Brian! – gritou. – Olhe para mim quando eu falo com você! Eu não vou deixar você. E você também não vai a lugar algum, não sem mim. Você entende o que eu digo?

Vicky estava transtornada, de seu estupor eclodiu um ataque de fúria.

— Você quer morrer? Então me mate primeiro, porque é isso que você está fazendo, você está me matando lentamente. Mate-me de uma vez!

Ele não esboçou nenhuma reação.

— Vamos, me mate – ela provocou –, eu também quero um pouco dessas coisas que você tomou. Faz doer menos? Faz você esquecer? Eu também quero! – ela gritou. – Porque eu não esqueci, nem por um minuto, eu também estou sofrendo e, se você pode desistir, eu também posso! Não tem saída para mim, Brian, não tem – ela chorava histericamente. – Eu disse a você que eu tinha medo, eu não queria me entregar porque eu sabia que não haveria retorno, eu soube quando eu vi você, agora eu sou sua, *sua*, então, por favor, acabe com tudo e me mate antes de morrer.

— Eu estou falando com você! Faça alguma coisa! – ela gritava e o esbofeteava, batia em seu rosto e socava seu peito. Brian não esboçava reação, apenas desviava o olhar dela.

Com os fios desconectados do peito, os aparelhos denunciaram falsamente uma parada cardíaca e a equipe médica imediatamente invadiu o quarto. Eles foram surpreendidos pelo que presenciaram e trataram de tirar Vicky de perto de Brian.

Foi preciso dois enfermeiros para arrastá-la para longe dele. Ela lutou contra eles, se debatendo, e não tirava os olhos de Brian.

– Mate-me primeiro – ela gritava para ele enquanto tentava se soltar dos enfermeiros.

– Tirem as mãos dela! – Brian falou com toda a potência que conseguiu encontrar na voz.

Todos pararam para ouvi-lo. Há dias ele não esboçava nenhuma reação.

– Tirem as mãos dela ou eu juro que mato vocês – falou, tentando se colocar de pé, sem sucesso.

– Soltem a menina! – doutor Jones ordenou.

Vicky correu ao encontro de Brian e eles choraram abraçados.

– Por favor, Brian, não faça isso comigo!

– Eu não vou fazer meu amor, não vou. Me desculpe – ele disse, aninhando-a junto dele.

– Vamos – disse o médico. – Ele vai ficar bem agora.

Todos deixaram o quarto, Vicky ajudou Brian a se acomodar e depois se deitou com ele na cama hospitalar. E, junto dele, aquele era o melhor lugar do mundo.

Turnê

— Vamos Brian, só mais duas colheradas — Vicky insistiu.
— Eu não posso, *baby*, mais uma e vou vomitar. De novo.
— Você sabe que vão manter a gente neste hospital até você comer direito, não sabe? Você ainda não se cansou daqui? Eu já.
— Bem, isso é fácil de resolver — ele disse saltando da cama.
— O que você está fazendo?
— Comendo — ele respondeu enquanto abria a janela do quarto e jogava fora a comida — Viu? Comi tudo. — Riu da própria travessura.

Vicky mordeu os lábios para não rir também, era impossível não amar Brian.

— Ótimo! — ela respondeu com a cara mais amarrada que conseguiu simular. — Espero que tenha acertado o doutor Jones. Quanto tempo você acha que vão levar para descobrir todas as suas refeições no jardim?

— Não vão descobrir se a gente subornar algum faxineiro. De quanto você acha que precisamos? Uns quinhentos dólares? — ele perguntou seriamente enquanto pegava algum dinheiro na carteira dentro do armário.

Desta vez ela riu.

— Você é impossível! Eu não vou subornar ninguém, pode esquecer.
— E se eu subornar você primeiro?
— Ah!? Vai me subornar? Por quanto? — ela desafiou.
— Isso é fácil.

Ele saltou para a cama hospitalar e puxou Vicky sobre ele, rindo da surpresa dela.

— Vou manter você aqui até concordar. — Ele a mantinha em um abraço enquanto a cobria com beijos e pequenas mordidas. — Diga que concorda! — exigia com a voz de um gângster.

— Não! — ela gritava entre risadas.

Ele rolou sobre ela e a beijou.

— E agora? — perguntou.

— Qualquer coisa — ela respondeu suspirando.

Ele a beijou de novo e só parou para contemplar seu rosto.

— Eu amo você, Vicky — ele disse emocionado. — Obrigado por estar aqui.

Os olhos dela se encheram de lágrimas e ele a abraçou. Saltou da cama novamente e foi até o armário. Jogou displicentemente as roupas dentro da pequena mala que Júlia havia trazido.

— O que você está fazendo, Brian?

— Vamos embora. Eu também estou cansado de ficar aqui e você já perdeu aulas demais. Não queremos que você perca o ano, queremos?

— Só uma coisa — ela respondeu —, você não teve alta.

— E quem vai me impedir de ir? — ele perguntou arrumando a mala.

Era uma boa pergunta. Ninguém conseguia impedi-lo de qualquer coisa que fosse, quando ele se decidia a algo.

— Ninguém, eu suponho — ela respondeu com sinceridade —, mas estamos em julho, eu estou de férias.

Ele riu.

— Eu me esqueço desses detalhes de sua vida de estudante.

— De qualquer forma, eu não vou voltar para a universidade.

— Como não!? — ele perguntou voltando-se para ela e deixando a mala.

— Eu disse a você que vim para ficar. Assim que você deixar o hospital, eu vou voltar para casa e encontrar um jeito de contar aos meus pais.

Ele caminhou até ela e segurou suas mãos.

— Vicky, eu não quero que você faça isso. — Ele manteve os olhos fixos nela e apertou suas mãos. — Eu sei que não é isso que você quer.

Ela abaixou o rosto.

— Escute — ele continuou —, eu posso esperar alguns meses. Eu não quero pedir a você mais nada, eu já peço coisas demais, você nem deveria estar aqui.

Ela levantou o rosto, angustiada.

— Não Brian, por favor, não comece a me mandar embora de novo. Eu não vou aguentar isso de novo.

— Eu não vou mais mandar você embora, não deu certo, eu não quero magoar você. Eu vou fazer tudo o que posso para ficar bem, porque eu vi o quanto magoou você me ver desistir, mas não quero que fique comigo por pena ou por medo de que eu faça alguma bobagem.

— Mas eu quero ficar com você. Você não quer mais que eu me mude? – ela choramingou.

— Quero, mas no próximo ano, como combinamos. Não quero que deixe sua vida por minha causa. Você tinha razão, não tem que escolher entre sua família e eu.

— Eu não vou ficar bem em São Paulo, vou ficar preocupada com você, sozinho aqui.

— Porque eu sempre estrago tudo, né? Eu tenho que parar com isso, Vicky, parar de sair por aí destruindo tudo e todos toda a vez que sou contrariado, que fico com raiva. Você é só uma menina e está enfrentando isso com muito mais coragem do que eu. Eu vou ficar bem.

Ela o olhou desconfiada.

— Eu prometo – ele garantiu –, vou retomar o tratamento. Meus exames estavam bons antes de eu estragar tudo, vou retomar o tratamento, fazer o possível para ficar bem e manter nossos planos. Eu quero viver para ver encontrarem a cura para esse maldito vírus e ter uma vida de verdade com você. É tudo o que eu quero.

Vicky ficou preocupada. Ela também queria aquilo, mas parecia fora de perspectiva demais naquele momento. Tinha esperança de que encontrassem logo a cura, mas o que aconteceria se não encontrassem?

— Brian, o que você quer dizer por ter uma vida de verdade *quando* encontrarem a cura? Quero dizer, isso é tudo que eu quero também, mas acho que temos que pensar em nossa vida na condição em que estamos agora, você sabe.

Ele voltou-se para o armário procurando algo e praguejou quando não encontrou o maço de cigarros. Continuou de costas para ela quando respondeu.

— Enquanto eu for soropositivo não vou tocar você, se é isso que quer saber. Isso não mudou. Eu não vou mais mandar você embora enquanto quiser ficar, mas não vou expor você a nenhum risco Vicky, isso eu não posso fazer. Você pode ficar e a gente mantém os planos enquanto esperamos pela cura, mas até lá vamos ter algumas restrições.

– A gente pode conversar sobre isso? – ela perguntou, notando que ele ficava visivelmente agitado.

– Não – disse resoluto –, e quando achar que não pode aguentar mais, seja pelas restrições que eu imponho a você, seja pelo fato de eu adoecer, quero que se sinta livre para ir. Eu não vou mais magoar você. Eu prometo. Quando quiser ir, eu vou fazer o possível para enfrentar o que for preciso com dignidade. Eu quero você livre. Não quero que se sinta culpada ou responsável por mim. O que aconteceu aqui não vai mais acontecer.

Eles ficaram em silêncio. Não havia mais nada a dizer, Brian não abriria mão da vida que havia idealizado para eles, não se contentaria com nada menos.

Ela esperava que o tempo trouxesse a solução. Com o tempo, ele mudaria de ideia e eles teriam uma vida de verdade, dentro do possível para a situação que viviam ou, quem sabe, ela desejou, o tempo traria a cura e todos os sonhos deles de volta.

– Bem – ele disse, tentando mudar de assunto e se acalmar –, já que não tem aula, vai me acompanhar na turnê, não vai?

– Vou – respondeu monossilabicamente, ainda presa aos seus pensamentos. Depois tratou de pôr energia na voz: – Mas acho que primeiro vou ter que ir para Campinas, passar uns dias com a minha família, senão eles vão ficar preocupados por eu sumir. Só uns dias – ela justificou –, depois eu volto e passo o resto do mês com você.

– Vicky – ele forçou um sorriso –, eu posso esperar.

Brian convenceu os médicos a lhe darem alta e deixou o hospital naquele mesmo dia.

Vicky foi para o Brasil, mas em pouco mais de uma semana estava de volta aos Estados Unidos.

O avião mal havia pousado em Nova Iorque e os comissários receberam a ordem de abrir as portas para o desembarque imediatamente e manter todos os passageiros sentados. As pessoas se olhavam apreensivas, tentando descobrir o que estava acontecendo. Vicky se irritou com a situação, queria desembarcar logo e encontrar Brian. Mais de uma semana era uma eternidade sem ele.

– Por favor – ela chamou a comissária –, o que está acontecendo?

— Parece que é uma emergência, senhora. Precisam desembarcar um passageiro imediatamente.

Dois policiais uniformizados entraram no avião e dirigiram-se para a poltrona indicada.

— Senhorita Vitória? — disse um deles.
— Sim? — Vicky respondeu assustada.
— Por favor, nos acompanhe.
— O que está acontecendo?
— Temos que removê-la imediatamente. Cuidaremos de sua bagagem depois.

O policial falou educadamente, mas com tanta determinação que ela não ousou desobedecer.

Vicky foi escoltada até um carro preto. Ela estava tão desnorteada que não prestou atenção na marca do automóvel, só notou que era um carro oficial. Já estava dentro dele quando lamentou seu lapso. "Devia ter prestado atenção no modelo e na placa", pensou. "Pode ser útil para identificar essas pessoas se algo acontecer."

Duas motos seguiam na frente do carro e duas atrás. A sinalização luminosa das sirenes estava ligada, mas não o alarme sonoro. Mesmo sem barulho, seguiam rápido demais. "Como conseguem abrir caminho tão facilmente?", ela se perguntava, quando notou: não havia trânsito à sua frente. Tinham bloqueado todo o caminho até o Bronx.

Os policiais a escoltaram pela entrada posterior e restrita do estádio até os vestiários onde estavam montados os camarins e, a partir dali, os seguranças passaram a guiá-la. Pela pressa com que andavam, um a sua frente e outro atrás, ela notou que a situação era urgente e tratou de acompanhar o ritmo deles.

Passou por uma área comum aos camarins de todos os integrantes, onde estava montado um espaço com diversas mesas de fliperama e jogos eletrônicos, sacos de boxe e outros equipamentos para a prática do esporte, além de alguns sofás e almofadas pelo chão e um balcão com frutas, bebidas e gelo. Circundando este espaço, estavam as mesas com espelhos, sofás, frigobar e porta-cabides móveis de cada um dos músicos, separados por paredes de MDF; os camarins variavam em espaço e privacidade, cada um com o nome de seu respectivo ocupante.

Concentrou-se nos nomes das placas, ansiosa pelo de Brian, mas não o encontrou. Quando passou pelo camarim de Kevin, viu o baixista sentado no sofá, bebendo. James e Ricardo estavam em pé a sua frente, ambos fumando. Vicky quis ir na direção deles, estava ansiosa para descobrir o que estava acontecendo, mas pela urgência dos seguranças decidiu seguir em frente, mantendo, porém, os olhos fixos nos rapazes por tempo suficiente para notar que Kevin a olhou com humor, Ricardo com alívio e James irritado. Três informações diferentes e aparentemente incongruentes. Nenhuma hipótese que fizesse sentido se formou e a ansiedade dela aumentou.

Finalmente, foi levada até uma sala, onde na porta encontrou a placa em que estava escrito Brian Blue.

Seu coração acelerou tão ansioso que ela não sabia se o som que ouvia eram as batidas dos seguranças na porta, anunciando sua presença, ou seu descompasso cardíaco.

Ela entrou sem que abrissem a porta. Brian caminhava em sua direção, nitidamente satisfeito por vê-la. Vicky saltou sobre ele entrelaçando os braços e as pernas em volta de seu corpo.

– Eu também senti sua falta! – ele disse sorrindo enquanto a abraçava.

Ela desenroscou as pernas e escorregou até os pés tocarem o chão.

– Brian! O que está acontecendo? Você quase me matou de susto! Achei que tinha acontecido alguma coisa com você!

– Não está acontecendo nada, meu amor, estávamos apenas esperando por você – ele respondeu, com os olhos brilhando e um sorriso afetuoso no rosto.

Vicky olhou para ele confusa, mas Ricardo apareceu na porta do camarim, que estava aberta, para explicar.

– Podemos começar agora, Brian? Por favor?

– Me dê mais uns minutos, Ricardo. A Vicky acabou de chegar.

Ricardo olhou para ela como quem suplica algo.

– O show está atrasado mais de duas horas, Vicky, o Brian se recusou a começar sem você. A multidão está enfurecida. Estou com medo da reação deles se demorarmos mais um minuto. Para dizer a verdade, não sei nem como vão receber a banda na hora em que eles colocarem os pés no palco.

– Brian!? – Vicky olhou para ele com surpresa e repreensão.

– Não se preocupe, querida – ele sorriu –, tenho tudo sob controle. Só não podia subir lá sem um beijo seu.

Ela retribui o beijo pelo menor tempo que conseguiu, mas maior do que Ricardo esperava, e então empurrou Brian, divertindo-se com a irreverência dele.

– Vai! – ela disse, sorrindo e tentando esconder que se sentia envaidecida.

A banda começou a tocar ainda no escuro, apenas com os canhões projetando anarquicamente seus feixes de luz. Logo após os primeiros acordes, a multidão começou a vaiar.

Ricardo esperava com Vicky e Brian no canto do palco pela entrada dele. Brian estava alheio ao que acontecia, com uma alegria quase infantil.

Vicky deixou de achar graça da situação quando ele entrou no palco e foi vaiado. Ele continuou a ser vaiado durante toda a primeira música. Ela e Ricardo se olharam aflitos, mas não trocaram uma palavra.

– Ok, ok, luzes – Brian pediu e o palco foi aceso como se o sol o iluminasse. Ele se aproximou da plateia enfurecida. – Ok, pessoal, eu sei que vocês estão com raiva.

A plateia urrou de uma forma que fez com que Vicky se arrepiasse.

– É, eu sei. – Ele continuou caminhando sobre o palco e encarando o público sem desviar o olhar em momento algum. – E sabem de uma coisa? Eu também estaria, no lugar de vocês. Mais de duas horas de espera não é razoável, não é? – ele esperou para que respondessem e a plateia gritou. Ele não se abalou, falava com a segurança de quem estava em sua própria sala de estar, cercado por amigos.

– Acontece – continuou – que eu estava me preparando para fazer o melhor show do Fears de todos os tempos para vocês. É isso que vai acontecer essa noite, o maior e melhor show da história para vocês! Então, vamos nos divertir, ok?

Foi o suficiente para levar a multidão à loucura. O Fears tocou por quase três horas e quando terminou a plateia estava extasiada. Foi um show histórico.

No camarim, todos comemoraram o sucesso com que o incidente foi superado. Ficaram na área comum até todos os fãs deixarem o estádio e suas imediações.

Os rapazes bebiam, fumavam e jogavam. Brian e Vicky deitaram-se nas almofadas no chão e aproveitaram o tempo para namorar.

Essa foi uma importante descoberta para ela; quando cercado pelos colegas de banda, Brian se sentia seguro de que nada de muito íntimo aconteceria entre ele e Vicky, então, paradoxalmente, a namorava com muito mais intimidade do que fazia quando estavam sozinhos. O *backstage* e as viagens no avião da banda passaram a ser os lugares preferidos dela.

A rotina da turnê era ao mesmo tempo entediante e exaustiva. Ficavam em média dois dias em cada cidade. Iam do aeroporto direto para o hotel, onde descansavam por poucas horas para seguir para o local do show, onde passavam o som e ensaiavam. Não valia a pena voltar para o hotel, então eles se preparavam para o show nos camarins, onde permaneciam depois do show, recebendo as pessoas que os empresários indicavam através de uma lista. Às vezes, aparecia alguma personalidade importante que não estava na lista, então Ricardo fazia a triagem.

Vicky teve que se adaptar à dura rotina de Brian. Ele dormia tarde e acordava cedo para se exercitar na academia que era montada em um dos quartos do andar em que se hospedava. Depois de receber treinamento físico personalizado, era maquiado e penteado para as sessões de fotos, entrevistas e gravações que levavam toda a manhã. Comiam no quarto do hotel e seguiam para o estádio, onde cada um dos integrantes passava o som individualmente. Brian testava o microfone e o piano com seus exercícios vocálicos, discutia o repertório do show com o resto da banda e, sempre que faziam alguma modificação, ensaiavam. Tocavam, recebiam pessoas, voltavam para o hotel, dormiam e acordavam cedo para viajar e recomeçar a rotina.

Enquanto Brian trabalhava, Vicky aproveitava as manhãs para dormir um pouco, o que era difícil, pois as gravações e entrevistas eram normalmente feitas na sala da suíte e envolviam uma dezena de profissionais barulhentos. No início, ela ficou assustada com tantos jornalistas, mas depois se tranquilizou. Brian, como sempre, tinha tudo sob controle. As listas de perguntas eram enviadas antecipadamente e ele escolhia a quais responderia e em que ordem. Por contrato, nenhum comentário, descrição de ambiente ou imagem deveria ser publicada sem sua aprovação prévia. Era ele também, ou Ricardo, quem autorizava a divulgação do material depois de editado. Ele gerenciava e comercializava sua imagem com propriedade, tratava-a como uma marca, um negócio que fazia questão de administrar pessoalmente.

Enquanto passavam o som, Vicky lia e estudava. Quando ensaiavam, ela assistia. Nem ela nem Brian, com raras exceções, recebiam os convidados no final dos shows, eles normalmente eram encaminhados a James, o segundo homem da banda.

Brian ficava no seu camarim privativo, onde tomava banho e depois jantava com Vicky até eles poderem voltar ao hotel.

Normalmente, festas com personalidades eram oferecidas na passagem do Fears pelas cidades. No mês em que Vicky acompanhou a turnê, Brian não foi a nenhuma, delegando também a James essa tarefa.

Vicky colocou toda a leitura da faculdade em dia, leu alguns romances e releu outros. Tentou gostar de fliperama e jogos eletrônicos, mas não deu certo. Às vezes, andava a pé, sozinha, nas imediações dos hotéis ou estádios por onde passava, mas Brian ficava tão aflito com suas escapadas que ela desistiu. Contentou-se em conhecer as cidades pelos vidros dos carros e pelas janelas dos hotéis. Ele prometeu que voltariam àquelas cidades em outra ocasião, quando já tivesse deixado a banda, e então eles poderiam passear juntos.

Com o tempo, ela encontrou formas criativas para se distrair enquanto os rapazes estavam ocupados. Eles ensaiavam e ela tomava sol no gramado em frente ao palco. Brian achava graça do que considerava um quase vício dela, ele nunca tomava sol, tinha a pele muito clara e sensível.

Vicky estava deitada sobre a toalha, lamentando a ausência de uma piscina no estádio. Ficava tão pouco tempo no hotel que nunca conseguia sair do quarto, que dirá tomar sol. O calor na Flórida era mesmo insuportável, até mesmo para ela que estava acostumada a altas temperaturas. Esperava que Brian terminasse logo com seus exercícios vocálicos no piano para eles irem para o camarim, mas ele estava especialmente concentrado naquela tarde, buscando uma afinação perfeita entre as notas e o microfone e, consequentemente, enlouquecendo toda a equipe de som.

Quando ele finalmente pediu um intervalo, Vicky fez menção de levantar-se, mas ele só esperou que todos saíssem para voltar ao piano. Ela suspirou e se deitou de novo, desta vez de costas em sua toalha, preparada para outra rodada daqueles exercícios irritantes. Fechou os olhos, desejando que desta forma seus ouvidos também se fechassem, e por um momento sua técnica pareceu funcionar, pois, em vez de ouvir a repetição infinita das notas do exercício, ouviu uma melodia que lhe pareceu maravilhosamente familiar. Por um momento, achou que tinha tomado muito sol na cabeça e que estava imaginando coisas. Quando se sentou, viu Brian, sozinho no palco, tocando Vinícius e Tom Jobim e cantando em um português carregado de sotaque, mas perfeito:

> ♪ Eu sei que vou te amar
> Por toda a minha vida eu vou te amar
> Em cada despedida eu vou te amar
> Desesperadamente, eu sei que vou te amar
> E cada verso meu será
> Pra te dizer que eu sei que vou te amar
> Por toda minha vida
> Eu sei que vou chorar
> A cada ausência tua eu vou chorar
> Mas cada volta tua há de apagar
> O que esta ausência tua me causou
> Eu sei que vou sofrer a eterna desventura de viver
> A espera de viver ao lado teu
> Por toda a minha vida ♪

Ele tocava de olhos fechados e com tanta emoção na voz que o peito de Vicky chegou a doer. Quando terminou a canção, permaneceu sem abrir os olhos e com as mãos sobre o piano, precisou de alguns segundos e um suspiro profundo para poder levantar o rosto e recuperar o controle.

Vicky estava em pé em frente ao palco, tinha a intenção de aplaudir, mas suas mãos estavam presas à boca em uma tentativa inútil de conter a emoção que percorria todo o seu corpo e o fazia tremer. O mundo parou naquela tarde ensolarada, era como se todo o universo os contemplasse naquele estádio vazio.

Brian saltou do palco na direção dela, que por mais que tentasse não conseguia se mexer. Sentiu que desabaria se movimentasse um só músculo.

— Por toda a minha vida — ele repetiu, desta vez em inglês e segurando sua mão esquerda.

Ela só saiu de seu estado de transe quando notou algo pesando em seu dedo anular. Era um lindo anel em ouro branco, com um grande diamante no centro e dois outros um pouco menores, cada um de um lado do principal. Pequenos diamantes estavam cravados em quase toda a circunferência do anel.

Os olhos arregalados dela encontraram o sorriso maroto dele.

– Brian! – ela disse chocada. – Eu não posso aceitar.

Ele estava incrédulo quando ela tirou o anel do dedo e o estendeu em sua direção.

– Eu não quero que você me dê presentes caros, Brian – ela tentou explicar –, ele é lindo e eu já estava suficientemente emocionada com a música, mas não é nenhuma data especial e, mesmo se fosse, eu não me sinto bem, eu não estou interessada no seu dinheiro, ia me sentir uma exploradora aceitando um anel como esse. Eu não tenho nem onde usar uma coisa assim. Por favor, não se ofenda.

– Vicky – ele falou com determinação –, é o seu anel de noivado!

Ela sentiu o sangue ferver em suas bochechas, abaixou o rosto, envergonhada e depois levantou os olhos suplicantes.

– Desculpe. Eu não podia imaginar...

– Eu ia dar a você na nossa primeira noite em Los Angeles... as coisas não saíram como eu planejei desde então – Foi a vez dele abaixar o rosto. –, mas se ainda aceita meu pedido de casamento, tem que usar um anel de noivado. É tradição.

– Desculpe – ela repetiu –, é que no Brasil a gente não tem o hábito de usar anel de noivado, a gente usa aliança. Eu nem imaginei...

– Eu devia ter comprado uma aliança? – ele perguntou confuso.

– Não, me desculpe por estragar sua surpresa. Estou me sentindo uma idiota. Tome – Ela ofereceu a mão direita. –, é claro que eu aceito seu pedido.

– É a outra mão, Vicky!

– Ah! Desculpe – ela respondeu, estendendo a mão esquerda, e ele colocou o anel e depois riu.

– O que foi? – ela perguntou.

– Tenho que confessar que eu imaginei esse momento com um pouco mais de romantismo. Você é uma garota engraçada, Vicky!

Ela sorriu para ele e depois ficou admirando o anel.

– Brian?

– O que foi agora?

– Você não vai ficar bravo comigo?
– Isso depende.
– Por favor?
Ele levantou as sobrancelhas esperando.
– Eu só vou usá-lo quando estiver com você. Não posso levar um anel como esse para São Paulo. Cortariam meu braço por causa dele. A gente guarda na sua casa e eu uso quando estiver aqui com você, tá bom?
Ele ficou bravo. Ela notou pela expressão em seu rosto.
– Você quer que eu fique sem o braço? – ela apelou. – É só até o ano que vem. Quando eu me mudar, prometo que nunca mais o tiro do dedo. Quer dizer, acho que vou ter que tirá-lo até podermos assumir publicamente o noivado. Um ano e meio, dois no máximo, e nunca mais o tiro do dedo. Enquanto isso, eu uso quando estiver com você... Por favor?
– É só um maldito anel. Faça o que quiser – ele disse, se afastando dela. – Vamos, tenho que me arrumar para o show.
– Brian – Ela se colocou na frente dele. –, eu não preciso de anel nenhum para me lembrar que eu sou sua. Completamente sua. Por favor, não brigue comigo.
– A gente sabe que isso não é verdade, Vicky. Vamos, eu não quero me atrasar.
– Como não é verdade? – ela se ofendeu. – Como pode dizer uma coisa dessas?
– Porque você não é completamente minha! – ele gritou. – E nem sei se vai poder ser um dia. E é claro que não pode usar esse anel em São Paulo. Eu nem mesmo existo na sua vida em São Paulo. Só gostaria que você não me lembrasse disso a todo instante!
Ela chorou e ele abrandou o tom.
– Escute, eu não quero brigar com você. É que às vezes eu gostaria que as coisas fossem um pouco mais simples para nós. É só isso. Venha, já vão liberar a entrada do público. A gente tem que entrar.
Ela o seguiu cabisbaixa.
Estavam todos jogando e bebendo nos camarins, Ricardo foi o primeiro a notar quando o casal se aproximou, correu até o balde de gelo, que já estava estrategicamente preparado, e tratou de abrir a garrafa de champanhe.
– Vamos comemorar! – ele gritou enquanto abria a garrafa.

Todos vieram abraçar Brian e Vicky, e eles retribuíram aos cumprimentos com pouco entusiasmo.

— Parabéns, Vicky! — disse Kevin, abraçando-a afetuosamente. — Eu quero ser padrinho.

— Me deixe ver esse anel! — pediu Ricardo. — Você é uma garota de sorte — ele concluiu ainda segurando sua mão.

Brian foi praticar boxe e Vicky deitou-se no sofá.

— Vocês não parecem muito animados — observou James com indiferença.

— Ela não gostou do anel — Brian explicou enquanto tentava nocautear o saco de areia.

— Isso é porque ainda não sabe quanto ele vale — concluiu James.

— Ela prefere alianças — Brian disse concentrado em seus golpes.

— Vocês querem que eu providencie alianças? — Ricardo perguntou confuso.

— Não é nada disso — Vicky interrompeu —, é claro que gostei do anel. Só estou um pouco cansada. Brian? — ela chamou.

— Sim? — ele respondeu sem desviar a atenção de suas luvas.

— Eu vou para o seu camarim descansar um pouco, tá bom? Não estou me sentindo muito bem.

Ele deu de ombros.

Ela se levantou rápido demais, ficou tonta e teve que se segurar no encosto do sofá para não cair.

— Vicky! — James correu na sua direção amparando-a. — Você está bem?

— Um pouco tonta.

— Venha, sente-se direito, deixe eu ajudar você.

Só então Brian voltou-se para ela.

— Baby?

— Eu não sei. Acho que vou vomitar.

Brian correu para o sofá e empurrou James, afastando-o de Vicky.

— O que você tem, meu amor? — ele perguntou preocupado. — Ricardo, traga água!

— Não é nada. Só um pouco de tontura e enjoo, provavelmente é só cansaço. Me ajude a ir até o camarim. Vou deitar um pouco enquanto vocês tocam.

— Não vai ter show nenhum — Brian disse resoluto.

— O quê!? — James perguntou chocado.

— Eu não vou subir no palco com a Vicky doente sozinha no camarim. O que vocês estão fazendo que ainda não chamaram um médico?

— Brian, eu estou bem — ela garantiu.

— Brian — Kevin disse com um sorriso no rosto —, ela está bem, provavelmente está grávida, é só isso. Vamos comemorar?

Brian fechou os olhos e abaixou a cabeça.

— O que você esperava? — James perguntou irritado. — Você não sai de cima dela, está sempre trepado nela, uma hora isso ia acontecer.

— E qual o problema de eu estar sempre em cima dela? — Brian fulminou James com o olhar. — Você está com ciúme?

— Não, só estou dizendo que não deve ter um ataque porque ela está com enjoo. É normal, se ela realmente estiver grávida. Além do mais, até eu fico enjoado de ver vocês dois juntos, grudados.

Brian foi em direção a James, mas Ricardo o segurou.

— Vocês dois querem parar com isso? — Vicky esbravejou. — Que saco essa competição entre vocês! Vocês podem, por favor, me deixar fora disso? Eu não estou me sentindo bem e vocês ficam aí brigando. Tenham um pouco de respeito!

— Vamos comemorar? — insistiu Kevin.

— Eu não estou grávida, Kevin! Que ideia!

— Não? — Kevin perguntou para Brian.

— Bem que eu gostaria — ele respondeu melancólico, e depois pegou Vicky no colo. — Venha, querida, vou levar você para o camarim.

Brian deitou-a no sofá de seu camarim e Vicky foi examinada por um médico que chegou preparado para socorrer uma overdose, mas após uma detalhada anamnese e um cuidadoso exame físico concluiu que a hipótese dela era a mais plausível: provavelmente estresse causado pelo ritmo da turnê, mudanças climáticas, diferenças de fuso horário, poucas horas de sono, muitas horas de voo. Ele a medicou com um comprimido para enjoo e recomendou que descansasse um pouco.

— Brian, por favor, vá fazer o show. Eu estou bem, se dormir um pouco sei que vou acordar melhor, eu me conheço.

Ele estava sentado no chão ao lado dela, no escuro.

— Você é tão frágil — ele disse baixinho, segurando sua mão —, tão frágil e delicada. Parece feita de porcelana ou cristal. Faz com que eu queira tocar você com suavidade, com reverência. Você é tão estupidamente rara. Eu nunca pensei que pudesse amar alguém como eu amo você, Vicky. Você não tem ideia do que significa para mim.

— Brian — ela disse com a voz embargada —, você tem que parar de me emocionar a todo o momento. Você tem um efeito devastador sobre mim, tenha piedade!

Ele sorriu.

— Descanse. Vejo você depois do show.

Ela fechou os olhos e adormeceu.

Devia estar mesmo muito cansada, porque teve a sensação de que quase não tinha dormido nada quando despertou com o barulho que vinha do corredor. Estava sonolenta, seu corpo abandonado no sofá, os olhos se recusavam a abrir, mas as vozes incompreensíveis se tornavam cada vez mais altas, até o ponto que ela não pôde mais ignorá-las.

Era a voz de Brian e ele estava furioso. Teve que se concentrar e "ajustar sua frequência para o módulo inglês" para entender o que diziam. Todos falavam ao mesmo tempo. Olhou seu relógio e notou que eram onze da noite. O show não poderia ter acabado tão cedo. Ouviu seu nome na voz de James. Eles estavam brigando de novo? Levantou-se completamente desperta e foi ver o que estava acontecendo.

Quando abriu a porta do camarim, encontrou toda a banda reunida, observando a discussão entre Brian e James. Ricardo entre eles.

— Você viu o que fez? — Brian acusou. — Você acordou a Vicky, James!

— O que está acontecendo? — ela perguntou.

— O que está acontecendo é que o seu noivo decidiu interromper o show na terceira música. Simplesmente saiu andando e se recusa a voltar — James explicou.

— Brian!? — ela perguntou.

— Eles estavam me dando sono.

— O quê?

— Era uma plateia muito chata, estava me dando sono. Você está melhor, meu amor?

Ela não respondeu. Ficou atônita. Todos olhavam para ela esperando por algo que ela não sabia o que era.

– Você não deveria voltar? – ela investiu tão timidamente que fez com que James virasse as costas.

– Não vai haver show nenhum. Se quiserem, toquem sem mim. E saiam daqui. A Vicky precisa descansar – ele disse, com tanta fúria no olhar que todos obedeceram prontamente. – Vamos entrar Vicky, você precisa descansar.

Eles entraram em silêncio e só tornaram a falar quando estavam sozinhos.

– O que aconteceu?

– Eu não podia cantar, não consegui fazer o show, estava preocupado demais com você.

– Brian, isso é um absurdo. Eu só estava cansada, mais nada. O James tem razão de ficar bravo com você. Você não pode deixar não sei quantas mil pessoas na mão porque eu decidi ficar no camarim descansando! Agora não vou mais me sentir à vontade se quiser ficar no camarim, não vou contar a você se acordar com dor de cabeça ou qualquer outra coisa. Tenho medo de dizer que minha unha quebrou e você cancelar um show. Isso não é razoável!

– Eu quero que você faça um teste.

– Teste para quê?

– Para HIV.

– Você está brincando, né?

– Não. Não confio no médico que atendeu você. Vou chamar o doutor Jones e pedir um teste para HIV. Você está com febre, Vicky!

– Brian, eu estou subfebril. Não é a primeira vez, eu fico subfebril se estou muito cansada.

– Há quanto tempo tem febre!? – Ele estava apavorado. O pânico transbordava de seu olhar.

– Não é nada disso. Tive um pouco de febre hoje. O que quis dizer é que na minha vida, antes de conhecer você, isso já aconteceu algumas vezes. Tenho um pouco de febre se fico muito cansada. Você sabe que a possibilidade de eu ter me contaminado é nula. De onde você tirou isso? Como eu iria me contaminar, Brian? Me responda.

– A gente não sabe nada sobre essa maldita doença. A cada dia falam uma coisa diferente. Que o preservativo protege, que o vírus é menor do que o poro do preservativo... que há vírus na saliva, no suor, que a quantidade nessas secreções contamina, não contamina. A cada dia descobrem uma coisa diferente. Você precisa fazer o teste. Eu estou apavorado!

— Brian, por favor, não enlouqueça! Isso é um absurdo! Você já falou mais de um milhão de vezes com seus médicos sobre isso. Não há a menor possibilidade de você ter me contaminado. Mesmo se tivéssemos transado de camisinha isso não aconteceria, ainda mais assim.

— Eu não sei. Quero que faça o teste.

— Eu vou fazer se deixa você mais tranquilo. Você sabe que eu tenho pavor de agulha e que isso é absolutamente desnecessário, mas se for ficar mais tranquilo eu faço, só que eu quero que ligue para o doutor Jones, converse com ele um pouco, sei que vai se sentir melhor.

Ele acenou a cabeça concordando e ela ligou.

— Doutor Jones? É a Vicky. O Brian está um pouco aflito. Pode dar uma palavrinha com ele?

Brian pegou o telefone com as mãos trêmulas e, enquanto falava, balançava o corpo ansiosamente para frente e para trás.

Ela se afastou um pouco para deixá-lo mais à vontade, mas mesmo de longe não conseguiu tirar os olhos dele. Vê-lo tão desesperado fez com que a dor em seu estômago voltasse. Odiava ver Brian atormentado por aquele fantasma. Era o mesmo fantasma que a assombrava. Toda vez que ele acordava menos disposto ou espirrava, ela achava que podia estar começando, ele podia estar adoecendo. Quantas vezes, enquanto o abraçava, tentava sentir a temperatura do seu corpo, só para ter certeza de que ele estava bem. Exorcizava esses pensamentos assim que se dava conta deles, mas eles estavam sempre à espreita, aguardando uma oportunidade para atormentá-la.

— E então? — ela perguntou quando ele se aproximou.

— Ele disse que você não precisa fazer o teste.

— Viu?

Eles ficaram em silêncio. Brian estava mais calmo.

— Ele sabe que a gente não...?

— Foi ele quem sugeriu.

— O quê!?

— Foi ele quem sugeriu. Eu perguntei se era cem por cento seguro transar com você de camisinha e ele me disse que a única coisa cem por cento segura é a abstinência.

— Você não está distorcendo um pouco o que ele disse, não? Tenho certeza que ele deu a você um número bem próximo a cem por cento para a segurança de se usar preservativo.

— Você não acha que eu já estou suficientemente apavorado para você vir com essa conversa *agora*?

— Desculpe.

Bateram na porta. Era Ricardo.

— Desculpe, Brian, sei que não queria ser incomodado, mas precisa saber. Quebraram tudo lá fora. Parece que querem prender você por incitar a desordem pública ou algo assim. E prepare-se para outro processo.

— Você sabia que a Vicky tem febre se fica estressada? – Brian respondeu. – Isso não é peculiar? Como alguém pode ser tão frágil? Ter febre se está cansado?

— Desculpe? – ele respondeu para Brian, mas indagando Vicky com o olhar. – Você ouviu o que eu disse Brian?

— Eles que entrem na fila, Ricardo. Entrem na fila para me processar. Eu não estou nem aí. Era só cansaço, nada mais. Ela tem febre quando está cansada. Dá para acreditar? – Brian perguntou sorrindo.

— E quanto à ordem de prisão?

— Ligue para um dos advogados. Pague a fiança adiantada. Hoje eu não vou para delegacia nenhuma distribuir autógrafos. Noticie à imprensa que eu estou preso e por isso tive que cancelar os próximos shows. A turnê é muito exaustiva para a Vicky. Vamos tirar uns dias para ela descansar.

Bastidores

Era bom estar de volta a Los Angeles.

"Tudo na vida é mesmo relativo", Vicky pensou. Estava se sentindo completamente livre trancada na casa de Brian. Era muito melhor do que um quarto de hotel ou um camarim. Ficariam poucos dias, mas o suficiente para respirarem um pouco.

Em casa... era como ela se sentia lá. E havia Júlia para conversar, um contraponto no mundo tão masculino da turnê.

Estava com Júlia no gramado próximo à piscina. Vicky, no chão e ela, na cadeira quando Brian se aproximou.

– Vou cuidar do jantar – Júlia disse, afastando-se enquanto Brian se deitava ao lado de Vicky.

– Você demorou – Vicky reclamou.

– Eu sei, querida, me desculpe, estava cuidando da agenda dos shows. Você e Júlia estavam tão sérias quando eu cheguei. Do que estavam falando?

– Nada importante. Estava falando da turnê, do quanto é cansativo, de que é bom estar em casa, deitar na grama. Acho que eu dormiria aqui hoje, olhando para o céu, só para manter essa sensação de liberdade. Como você aguenta?

– Era mais fácil antes. Era o que eu tinha. E quando me entediava encontrava formas de me distrair. Você sabe.

– Sei... – ela respondeu com pesar. – Sente falta?

– Não depois que conheci você, mas aí, com a história do vírus... às vezes é difícil não fugir, sabe? Ter que aguentar o tempo todo. Quando estou com você é mais fácil. Não tenho vontade de me sentir amortecido. Me sinto vivo, com esperança. Mas às vezes me culpo quando noto que não está feliz, me culpo por obrigar você a estar na estrada comigo.

— Bobagem. De onde tirou isso? Que não estou feliz? E você não me obriga a nada. Eu quero viajar com você. É só que às vezes sinto falta de um pouco de liberdade.

— Do que você sente mais falta?

— Sinceramente? Caminhar com você na rua, ir à praia no final da tarde, essas coisas.

— Eu prometo que levarei você à praia no final do ano, quando a turnê entrar em férias. O que mais?

— Ah, coisas banais. Quando fui conhecer a UCLA, achei o bairro tão simpático, com um monte de pequenos restaurantes para estudantes. É bobagem, mas fiquei imaginando a gente jantando em um daqueles restaurantes, indo ao cinema e depois voltando para casa a pé, mas é bobagem. A turnê é temporária, as coisas vão ser mais simples depois que você deixar a banda. E onde eu estiver com você, estarei feliz. Você sabe disso, não sabe?

— Espere só um minuto. Eu já volto. Preciso dar um telefonema.

Ela ficou ali deitada, olhando as estrelas, distraída com o barulho da noite. Estava em casa, com Brian e em paz. Sorriu quando viu que ele se aproximava. Como amava aquele homem! Seria possível que seu coração batesse acelerado toda vez que o visse?

— Não demorei desta vez, não é? — ele disse se sentando ao lado dela.

— Não. Deite aqui comigo — ela convidou e depois riu.

— O que foi?

— Estou rindo de mim.

— Por quê?

— Porque eu sou uma boba apaixonada. Você sabe que minha pulsação acelera toda a vez que eu vejo você? E não importa se você foi só até a cozinha beber água. Você volta e acontece de novo. Eu pareço um cachorro que abana o rabo toda vez vê o dono.

— Você tem cada uma!

— Você acha que eu estou brincando? Sente aqui meu coração!

Ela pegou a mão dele e colocou sobre o seu peito. Ele a admirou enquanto acariciava seu seio e depois a beijou deitando-se sobre ela.

Ela ainda não tinha aberto os olhos quando sentiu os respingos no corpo.

— O que está fazendo!? — ela perguntou com a testa franzida de surpresa.

— Refrescando a cabeça — ele respondeu de dentro da piscina, vestido e com mau humor. — Cachorro, sim, você é uma maldita sereia, é isso que é!

Ela balançou a cabeça incrédula enquanto ele dava braçadas furiosas na água. Após aproximadamente duzentos metros estava mais calmo.

— Vou levar você para jantar — ele disse com a cabeça apoiada nos braços na borda da piscina.

— Ah, Brian, vamos ficar aqui! Não quero ir ao Bar One ou um desses lugares onde você encontra todo mundo. Vamos ficar. Eu prometo que me comporto.

— Nós não vamos a um desses lugares. Confie em mim.

Vicky não acreditou quando Brian estacionou o carro em frente a uma cantina em Westwood.

Dois de seus seguranças estavam na porta e um deles a escoltou para dentro do pequeno restaurante completamente vazio. Só depois que estava acomodada na mesa é que o outro segurança entrou com Brian.

— Boa noite. — Uma garçonete bastante jovem entregou o cardápio de papel para eles e saiu desconcertada, fazendo um esforço enorme e sem êxito para não encarar Brian.

Era uma cantina pequena e charmosa, dessas com toalhas quadriculadas de verde e vermelho e guardanapos de papel sobre a mesa.

— Você é completamente louco! — Vicky disse com os olhos brilhando.

— Não era o que queria? Comer nas imediações da UCLA? O que vai querer? — ele disse, examinando o cardápio sem esconder a satisfação por tê-la surpreendido mais uma vez.

Ela pediu lasanha e uma taça de vinho barato. Ele espaguete e água.

Havia um senhor que tocava música italiana de mesa em mesa no jantar. Como Brian havia fechado a cantina, ele tocou para o casal. Foi um alívio quando a comida chegou e o senhor se afastou da mesa.

Vicky deu uma garfada na lasanha e caiu na gargalhada. Brian a interrogou com o olhar.

— É catchup, Brian! Catchup com pimenta!

— Achei que queria comer em um restaurante para estudantes — ele respondeu irônico.

– Eu queria. É a pior massa que já comi em toda a vida! – Ela caiu na gargalhada, examinando o cenário a sua volta. – E imagine quanto não vai pagar por uma lasanha com molho de catchup!

– É melhor comer tudo – ele respondeu com um sorriso provocativo.

Eles quase não comeram, mas conversaram e riram até de madrugada.

Tinham que retomar a turnê e Brian fez algumas modificações para o resto do mês, de modo que Vicky se sentisse mais confortável; visitariam menos cidades, nenhuma entrevista ou sessão de fotos seria concedida. O repertório dos próximos shows seria fixo, evitando assim os ensaios. Brian iria à frente para passar o som e Vicky ficaria no hotel, seria levada para o show mais tarde.

Depois de consultar Kevin e Ricardo, Brian convidou Carol para acompanhar a turnê, assim, Vicky teria companhia enquanto ele trabalhava. Por esse motivo todos ficariam no mesmo hotel.

Quando Carol chegou, eles já tinham ido para o estádio e Vicky estava na piscina.

– Vicky? – Carol chamou.

– Carol! – Ela se levantou em um pulo para abraçar a amiga. – Que bom ver você! Você não imagina o quanto eu sinto a sua falta! O Brian trabalha o tempo todo e eu fico praticamente sozinha. Que bom que você pôde vir!

Carol puxou uma cadeira e se deitou ao lado dela.

– E você acha que eu ia perder isso!? Além do mais, o Ricardo me convocou. Acho que não poderia dizer não nem se quisesse. E também estava morrendo de saudade de você. Onde está o Brian?

– Já foi para o estádio. Tem um carro à disposição. Quando quiser, podemos ir vê-lo.

– E o Kevin?

– O que tem o Kevin, Carol?

– Anda com alguém?

– Com algumas pessoas. Sempre alguém diferente no camarim, acho que fãs, ninguém fixo.

– Eu não sou ciumenta.

– Bem, não vá se apaixonar. E use camisinha. Às vezes, ele está tão bêbado que transa com qualquer garota na nossa frente, nem lembra se tem gente perto, quanto mais de usar preservativo.

– Falando nisso, e você e o Brian?

— Na mesma... às vezes fica insuportável.

— É inacreditável, né? Ele deve gostar muito mesmo de você para querer protegê-la assim. Mas dê um tempo para ele. Uma hora vai ter que acontecer.

— Eu espero. Às vezes fico angustiada. Ele sofre, fica se torturando, me tortura também. Isso não tem o menor sentido.

— Sinceramente? Eu teria medo no seu lugar, não sei como não tem. Desculpe, mas sabe que eu sou sincera.

— Eu sou louca por ele, Carol, você sabe disso. Sou completamente louca por ele. Não posso pensar nele que o meu corpo todo se agita. E a cada dia fico mais apaixonada. Chega a doer. É engraçado como ele mexeu comigo no momento em que o vi. Você acredita em amor à primeira vista?

— Vindo de vocês? Acredito em qualquer coisa!

Vicky riu e mudou de assunto.

— Você vai querer ficar na piscina ou quer ir dar uma volta?

— Desculpe, Vicky, mas o Ricardo me proibiu de sair do hotel. Só para ir para o estádio.

— Ele está louco?

— Não, o Brian está. Parece que ele fica apavorado com a possibilidade de algo acontecer a você, que sequestrem ou conquistem você, sei lá. O Ricardo falou que ele está completamente obcecado por você. Ele é meio possessivo, não é?

— Eu não tinha reparado — ela respondeu reflexiva, enquanto algumas cenas passavam em flashes por sua cabeça: ele aflito quando ela saía para dar uma volta no início da turnê, as brigas com James por ciúme, a casa isolada no bosque –, mas acho que é – concluiu. — Bem, ninguém é perfeito.

— É verdade, ninguém é perfeito. Mas não incomoda você? O fato de ele manter você prisioneira?

— Ele não me mantém prisioneira, Carol! É só um pouco inseguro. Dá para entender, né? Pela situação toda... Sabe? Às vezes, eu acho que a educação religiosa que ele recebeu o influenciou mais do que ele imagina. Acho que ele acreditou naquela história do padrasto ter que exorcizá-lo por ele ser do mal, demoníaco. Ele parece sentir tanta culpa pela vida que viveu, pela maneira como se contaminou, que lida com a história do vírus de uma maneira completamente irracional, quase mística, como se fosse um castigo divino ou coisa assim.

— Será?

— Não sei, mas não é racional ele continuar se recusando a me tocar. Ele me pediu oficialmente em casamento, nós estamos noivos, dá para acreditar? – perguntou, mostrando o anel. – O Ricardo deve ter contado a você. Independente disso, eu venho morar com ele em poucos meses. Como vai ser, Carol?

— Ah, Vicky, é complicado. Vocês não conversam sobre isso? Ele devia fazer terapia.

— Ele faz, já fez muita terapia, voltou a fazer, quando pode, por causa da turnê, mas se recusa a falar comigo a respeito. Eu não forço muito a barra porque ele perde o controle. Eu sinto que ele está por um fio, sabe? Foi um golpe muito grande para ele.

— Só para ele, amiga? – Carol segurou a mão de Vicky. – Você precisa parar de querer ser forte o tempo todo.

Os olhos de Vicky se encheram de lágrimas.

— Sabe o que é mais difícil para mim, Carol? É ver o Brian tão torturado. Ele é feliz comigo, mas há sempre uma dor no olhar dele. Por isso, falei a você do lance da religião. Ele fica comigo porque a gente não consegue ficar um sem o outro, mas ele se martiriza por isso como se cometesse um pecado mortal. Como se ele fosse do mal, estragado, sujo e eu pura e sagrada. Como se ao me tocar ele me estragasse de forma irreparável, sabe? Eu sinto isso. É a coisa mais triste do mundo para mim. Fica tudo carregado de um peso... E essa loucura de ele poder transar com qualquer outra, menos comigo? Eu morro de ciúme, Carol, você não tem ideia de como isso me faz mal. Eu não posso nem pensar nisso. Não é uma loucura dele?

— Bom, deve ser um nó na cabeça dele, Vicky, pense bem, se coloque no lugar dele. Você é bem mais nova, nunca teve uma experiência sexual antes, morava com os pais até ontem. Isso tudo deve dificultar bem as coisas para ele.

— Carol, é tudo fantasia. Nós somos dois adultos que se amam e se desejam desesperadamente. Não dá para negar isso! É muito mais simples do que isso. Muita gente convive com o vírus sem essa paranoia, se cuidam e pronto.

— É que vocês se desejam, se amam, ok, mas tecnicamente você ainda é uma adolescente ingênua e apaixonada e há o risco, remoto, mas há, da camisinha furar e você se contaminar. Acho que ele enlouquece. Você disse que ele está por um fio. Desculpe, Vicky, mas eu não posso deixar de entender como ele se sente.

— Eu não sou ingênua, Carol!

— Eu sei, mas comparada a todas as pessoas que ele conhece você é praticamente a virgem Maria, quando ela era menina! Ele propôs a você casamento antes de vocês transarem, Vicky! Isso é um absurdo completo vindo de alguém como Brian Blue! Ele queria casar na igreja! Imagine o nó que você não deu na cabeça desse homem, coitado! Ele não tem uma puta ideia de como lidar com alguém como você. Ele já precisava da bênção divina antes de saber do vírus, imagine agora. Ele deve ter certeza de que vai queimar no inferno por toda a eternidade se tocar você.

— Eu não vou mais falar sobre isso com você!

— Ah, Vicky, seja razoável, se coloque no lugar dele. Eu também estaria morta de culpa e medo. Ainda mais com a formação religiosa que ele teve. É de pirar a cabeça de qualquer um e a dele nunca foi lá muito boa. Você tem que concordar comigo.

— E o que você sugere? Que eu aceite essa loucura dele só porque dá para entender? Que eu vá dormir toda noite na cama com ele e finja não notar a tortura que isso é para ele? Para mim?

— Eu não sei, Vicky, não sei. Acho que é inevitável, que vai ter que acontecer em algum momento, mas acho que vocês têm que poder falar sobre isso. O que ele imagina? Você vai morar com ele e o que acontece depois? Você deve ter uma ideia do que ele imagina, mesmo que não tenham conversado diretamente sobre isso.

— Ele imagina que vão descobrir a cura, ou uma vacina para me imunizar, e então nós viveremos felizes para sempre. É isso que ele imagina.

— É melhor começar a rezar para que ele esteja certo — Carol falou com descrença. — Pelo pouco que conheço do Brian, ele não é lá muito chegado a negociações. Não sei se ele pode considerar alguma outra alternativa.

— Por que você está fazendo isso comigo, Carol? Você está sendo cruel!

— Porque acho importante que você tenha clareza de onde está se metendo. Você vai deixar a sua vida por ele. Precisa saber o que está fazendo.

— Eu sei o que estou fazendo, Carol. Eu escolhi ficar ao lado dele, vou ficar até o fim, e se ele não mudar de ideia, mesmo assim, vou ficar com ele até o fim. Nem que tenha que passar a vida toda esperando pela cura. O que mais eu posso fazer? Você não tem ideia do que eu sinto por ele.

— Tenho alguma ideia, por isso me preocupo com você. Eu não vim aqui para deixar você chateada. Ele está fazendo terapia, quem sabe possa rever as coisas, né? Quem sabe encontrem a cura, afinal? A gente não sabe nada da vida mesmo. Vamos para o estádio antes que você morra de saudade do seu amor! E eu quero ver o Kevin. Ai que saudade da pegada dele! Delicioso...

A turnê para Carol não era cansativa, era uma grande festa. Ao contrário de Vicky, ela se adaptou logo aos passatempos preferidos dos garotos. Jogava videogame e fliperama com eles, bebia muito e fumava maconha. Quando não estava com Vicky, estava com Kevin. Tinha seu próprio quarto nos hotéis por onde passavam, mas dormia quase todas as noites no quarto de Kevin.

Brian saiu do banho vestido em um roupão e encontrou Carol na sala da suíte com Vicky.

— Carol, você vai me emprestar sua amiga? Acho que é suficiente o tempo que passam juntas à tarde. Por acaso o Kevin não quer companhia na suíte dele, não?

— Brian! — Vicky recriminou. — Você pode ser um pouco mais sutil? Que grosseria!

— Deixa, Vicky! Brian, eu não sei se vou para a suíte do Kevin esta noite. Era justamente sobre isso que eu falava com a Vicky quando você chegou. Como ainda não chegamos a nenhuma conclusão, não vou embora por enquanto, então, em vez de ter uma crise possessiva, sente-se com a gente e me dê sua opinião.

— Já que colocou as coisas desse jeito — ele disse se sentando —, sobre o que quer minha opinião?

— O Kevin está acompanhado hoje.

— Ah! — Brian respondeu. — Vou pegar um cigarro. Quer um?

— Quero. A verdade é que ele está com uma garota que ele quer que eu conheça.

— Bem, Carol, acho que não tenho como opinar sobre isso. É meio pessoal... Vicky? — ele pediu ajuda.

— Ah, Carol, não sei. Não quero parecer moralista nem nada, mas às vezes acho que você vai na onda dele demais, sabe? Você está bebendo muito, outro dia morreu de vomitar por causa da coca que ele deu a você e agora essa história da garota...

— Ah, Vicky, você é muito careta, por isso quero a opinião do Brian. Experimentar uma ou outra coisa diferente não tem nada demais. Eu experimentei um pouco de coca, e daí? Não vou me viciar por causa disso. Nem gostei muito. O que acha, Brian?
— De experimentar pó? Acho que deve ter cuidado, só isso.
— Não, de eu me juntar ao Kevin e à garota?
— Acho que só deve ir se estiver a fim. Você está a fim?
— Não sei, nunca estive com uma garota antes, acho que estou curiosa.
— Então...
— Obrigada, Brian. Foi útil conversar com você. Cuide da Vicky — Carol brincou —, ela está em estado de choque.
— Eu não estou, Carol... divirta-se — Vicky disse, fingindo naturalidade enquanto fechava a porta atrás de Carol.
— Eu me sinto um ET com vocês às vezes... – ela disse, quando viu o sorriso malicioso de Brian.
— Bobagem, Vicky, deixe a Carol se divertir. Ela é adolescente, quer experimentar o mundo, nada mais natural.
— Você é uma pessoa engraçada, Brian, aposto que se fosse eu experimentando o mundo você não ia achar nem um pouco natural, ia?
— É completamente diferente!
— Diferente? O que tem de diferente? Você acha natural todas as propostas do Kevin para a Carol, e se fosse comigo?
— Você não pode tomar duas taças de vinho sem se sentir mal, Vicky. Quer cheirar cocaína agora? Que ideia! Aonde quer chegar com isso? — ele perguntou, claramente perdendo o humor.
— A lugar nenhum, é só que, às vezes, eu odeio o modo como me trata.
— Como quer que trate você? Quer que eu traga uma garota aqui para você transar com ela? Quer fazer isso enquanto cheira cocaína? Era só o que me faltava! O que quer com essa conversa, Vicky?
— Não quero nada, mas, às vezes, fico confusa com você. Você é muito dissociado. Acha umas coisas super normais quando se trata dos outros e de você, mas me coloca em um pedestal longe demais do seu mundo. Fico pensando se a gente vai encontrar um meio de caminho, um lugar onde a gente possa se encontrar, nem tão louco, nem tão puro. É só isso.

— Bem, isso é difícil para mim também, achar esse lugar... eu não preciso cheirar pó e estar com duas mulheres ao mesmo tempo. Já que quer ouvir, eu fiz isso a minha vida toda. Tudo o que eu quero é você. É o que me bastaria. Se as circunstâncias fossem outras, já teríamos achado nosso meio de caminho.

— Eu odeio pensar que você sai por aí transando com qualquer uma menos comigo, Brian. Eu odeio! E morro de ciúme e de inveja também. Odeio ver você e a Tiffany juntos e qualquer outra que estiver com você. Ela me contou aquele dia no hospital. Tem muitas coisas sobre as quais não falamos, mas eu preciso falar, sabe? Eu me sinto péssima quando faz isso comigo.

— Eu não tenho nada com a Tiffany, Vicky, você sabe disso!

— Ela me contou, Brian! Me disse que vocês já se divertiram juntos!

— A gente já transou algumas vezes, e daí? Não significou nada para mim. Nem para ela. Isso é ridículo.

— Eu não entendo isso! E não gosto também!

— Vicky, você é a única mulher no mundo que me interessa. Eu quero passar a minha vida com você. É por você que eu me mantenho vivo. Você!

— Você me deseja?

— Que pergunta estúpida! – ele respondeu, dando as costas para ela.

— Não, eu quero saber. Eu preciso saber por que você pode transar com qualquer mulher menos comigo. Que espécie de amor idealizado é esse onde não há desejo?

— Se eu desejo você? – ele se virou para ela gritando. – Porra, Vicky, eu nunca desejei alguém como eu desejo você! Eu pareço uma porra de um adolescente, eu acordo molhado de madrugada, meu pau dói de tanto tempo que passa duro e minha mão está cheia de calos de tanto eu pensar em você! Se eu desejo você? Me dá um tempo! Você é uma porra de uma obsessão para mim! Você já me humilhou o suficiente? Está satisfeita? Que merda! – Ele cobriu o rosto com as mãos e se sentou no sofá.

— Eu também, Brian, eu também acordo molhada de madrugada pensando em você – ela disse baixinho e não sem corar.

Ele levantou o rosto, angustiado.

— Eu quero você, Brian. – Ela se sentou no colo dele entrelaçando as pernas em seu corpo. – Eu quero muito você! – sussurrou em seu ouvido e abriu seu roupão.

Vicky pegou as mãos dele e colocou sobre seus seios. Ele as puxou, mas ela colocou de novo, segurando ao mesmo tempo com firmeza e delicadeza, e as conduziu por dentro de seu vestido. Pressionou seu corpo ao dele, Brian sentia intensamente cada parte do corpo dela e ia descendo a mão devagar, enlouquecido pelas reações que provocava nela. Introduziu a mão dentro da calcinha e a masturbou como nunca tinha feito antes. Ela gozou ensandecida enquanto conduzia a boca dele em seus seios. A língua dele explorava os seus mamilos e as mãos percorriam todo o seu corpo. Ela arrancou o vestido e depois a calcinha. Eles se olhavam já sem nenhum controle dos gemidos ou da respiração. Vicky se sentou sobre ele. Queria senti-lo dentro dela.

– Não! – ele gritou, e a empurrou jogando-a ao chão. – Que porra está fazendo!? – ele gritou enquanto chutava violentamente a parede próxima ao corpo nu de Vicky caído no chão.

Ele se ajoelhou e puxou os cabelos dela pela nuca, fazendo com que ela ficasse em pé.

– Você quer que eu mate você!? Quer que eu mate você, sua louca filha da puta!?

– Me solta, Brian! Você está me machucando!

– Eu estou? Estou machucando você? Eu podia machucar você muito mais, sabia? É isso que quer?

Ela chorou e ele a soltou.

– Merda, Vicky! Merda!

Ela se encolheu num canto da parede chorando assustada. Brian jogava tudo o que encontrava no chão.

– Sem camisinha!? – ele gritava, voltando-se para ela. Vicky se encolheu de medo. – Sem camisinha!? Você ia enfiando sem camisinha! O que você é? Uma porra de uma suicida? É isso que é? – Ele a puxou pelo cabelo de novo para soltar em seguida.

– Que porra eu estou fazendo!? – ele gritava transtornado para ele mesmo enquanto caminhava pela sala sem direção. – Que porra eu estou fazendo, meu Deus!?

Foi para o banheiro e enfiou a cabeça embaixo da torneira. Se olhou no espelho e socou a própria imagem, cortando a mão.

– Merda! – xingou e enrolou a mão ensanguentada na toalha.

Vicky estava na porta do banheiro, vestida com o roupão que ele estava usando antes. O rosto molhado de tanto chorar.

– Me deixe ver sua mão – ela pediu.

— Não chegue perto de mim! Você não ouse chegar perto de mim!

Ele a empurrou, pegou uma cueca no armário e foi vestindo no caminho para a sala.

— Aonde vai? — ela perguntou entre lágrimas.

— Pergunta errada. Pergunte se eu volto.

— Volta? — disse com um soluço na voz.

— Não sei — respondeu e saiu. — Sem camisinha? Que merda! — resmungou para ele mesmo.

— Não é minha culpa que a gente nunca tenha uma camisinha disponível! — ela gritou da porta do quarto.

Ele voltou e a segurou pelo pescoço, pressionando sua cabeça contra a parede com uma mão e ergueu a outra com o punho cerrado. Vicky fechou os olhos esperando pelo pior.

— Brian! O que está fazendo? — James gritou da porta de seu quarto.

— Trepe com ele! — Brian disse para Vicky e soltou seu pescoço.

James foi na direção deles.

— O que está acontecendo, cara?

— Saia da porra do meu caminho! — gritou e pegou o elevador.

As pernas dela cederam e ela caiu sentada no chão com o corpo encostado contra a parede.

— Vicky? Você está bem? Ele machucou você?

Ela só chorava e James a abraçou.

— Então foi isso o que aconteceu? — Kevin saiu de seu quarto visivelmente alterado por algum efeito químico. — Com tanta mulher no mundo e você vai querer logo a do Brian, cara? Você não sabe o quanto essa puta significa para ele?

— Cala a boca, Kevin! — James respondeu energicamente e abraçou Vicky com mais força para protegê-la.

— O que aconteceu, Vicky? — Carol apareceu em seguida.

— A gente estava sem camisinha — ela respondeu em português.

Carol arregalou os olhos e mordeu a mão tentando não gritar. Quando conseguiu formular a pergunta, sua voz era mais baixa do que tinha imaginado.

— Vocês?

— Não, foi por pouco, mas não.

— Graças a Deus!

— O que estão falando? — Kevin exigiu saber.

145

— Nada, Kevin! Vá para o quarto, a Michele está esperando você. James, vá atrás do Brian, eu fico com a Vicky.
— Vá atrás dele, James. Por favor. Não deixe ele fazer nenhuma bobagem. O hotel está cercado de fãs e ele saiu transtornado, nem vestido estava.
— Eu vou, fique tranquila, vou trazer ele de volta para você, está bem? — James estava penalizado.
— Vamos, Vicky, vamos entrar, você precisa se acalmar e me contar o que aconteceu.

Carol empalideceu quando entrou na suíte.
— Pelo amor de Deus, Vicky! O que foi que aconteceu aqui?

Vicky não conseguia falar, estava assustada demais.
— Você tem certeza que não aconteceu nada entre vocês? — Carol insistiu.

Vicky apenas sinalizou com a cabeça, tinha certeza. Carol se sentou ao lado dela esperando que ela se acalmasse um pouco. Estavam no chão, em silêncio, quando Brian voltou.
— Saia daqui, Carol — ele disse enfurecido.

Carol, habituada ao lado doce dele, estava chocada demais para poder se mexer.
— Saia já daqui, porra! Você é surda, por acaso? — gritou.

Carol indagou Vicky com o olhar e ela assentiu para que Carol fosse. Assim que ela saiu, Brian chutou a porta, fechando-a.

Ele não disse nada, apenas se sentou contra a parede em frente a Vicky e chorou. Ela o observava sem saber o que dizer. Levantou-se para ir na direção dele, mas teve medo e recuou. Ele a olhou e deu de ombros.
— Eu não sei o que fazer — ele finalmente disse —, eu simplesmente não sei o que fazer. Eu deveria mandar você embora agora, era o que eu deveria fazer, mas não sei se posso, não sei se consigo viver sem você. Eu estou tentando ser bom aqui, proteger você, estou tentando fazer alguma coisa direito *uma única vez* na minha vida, mas eu não posso, Vicky, não posso cuidar de você sozinho.
— Eu não quero ir, Brian, eu quero ficar com você. Por favor, se acalme, não aconteceu nada.
— Não aconteceu nada!? Não aconteceu nada!? Foi por isso, Vicky, isso aqui — ele mostrava o pequeno espaço entre o polegar e indicador. — Por muito pouco eu não acabo com a sua vida e termino

de destruir a minha! Eu nunca fui bom em cuidar de mim, como espera que eu possa cuidar de você? O que você quer de mim? Onde está com a cabeça? Qualquer pessoa normal teria medo de pegar na minha mão se soubesse que eu sou soropositivo, e você quer transar sem camisinha!?

— Eu não quero transar sem camisinha, Brian, apenas aconteceu. Seria mais fácil se a gente conversasse mais, tivesse mais intimidade, usasse preservativo. A gente não ia viver sempre no limite. Você dificulta muito as coisas para nós.

— A gente não sabe o quanto o preservativo é seguro!

— Vai chegar o momento em que a gente vai ter que escolher entre acreditar nos seus médicos ou nas bobagens que a gente ouve por aí. As pessoas falam de tudo, Brian, há muito preconceito, ignorância. Está todo mundo muito assustado, isso é medo, só isso.

— É, você tem razão, está todo mundo apavorado com essa doença, todo mundo menos você! *Eu* estou apavorado. Eu tenho AIDS, Vicky! Você sabe do que eu estou falando? Já procurou em algum dos seus livros o que essa merda significa? Se as pessoas têm medo, é isso o que você deveria ter, medo! Mas não... Você não tem medo, você se joga para cima de mim e diz que aconteceu! Que porra você acha que está fazendo?

— Eu amo você, Brian. Eu amo e desejo você mais do que tudo na vida. Não sei o que dizer além disso.

— Ah, é o suficiente. Está tudo claro agora – ele ironizou. – E na sua cabeça adolescente o fato de me amar vai imunizar você!? Você acha que o seu amor pode salvar você? Pode me salvar? Você me ama e isso não muda absolutamente nada! Você é uma porra de uma criança!

— Agora eu sou criança? E você é o quê? Meu pai?

— Não. Se eu fosse seu pai, você estaria em casa e não num quarto de hotel tentando trepar com um cara com AIDS!

— E se fosse ao contrário? E seu eu fosse soropositiva e pedisse para você transar com camisinha?

— É completamente diferente.

— E por quê?

— Porque eu já estava morto quando eu encontrei você. Você não, você tinha uma vida, sonhos, projetos. Você tem uma vida inteira pela frente. Eu tenho que ter certeza de que não vou tirar isso de você, porra!

— Sabe de uma coisa? A gente não vai chegar a lugar algum com essa conversa. Você é muito intransigente. Você podia ao menos tentar considerar meu ponto de vista. Acho que você se culpa demais pela forma como se contaminou e fica se martirizando. Queria que você respeitasse um pouco meu desejo, minha escolha. Eu quero estar com você. Se há um risco para mim, é mínimo, e eu estou disposta a corrê-lo.

— Você já viu alguém morrendo com AIDS? – ele perguntou com amargura enquanto acendia um cigarro. – Não é bonito de se ver, Vicky, não é. Enquanto você foi visitar seus pais, nós fomos tocar naquele festival na Inglaterra e eu aproveitei para visitar o Ted. Ele está morrendo, Vicky. – Brian tragou o cigarro com os olhos distantes; cheios de lágrimas, dor e horror. – O Ted Hyatt está morrendo com AIDS.

Aquele golpe foi demais para ela. Sabia que não haveria mais nada a dizer. Ted Hyatt era vocalista de uma importante banda inglesa que havia influenciado profundamente Brian e consequentemente todo o trabalho do Fears. Ted não era só um amigo para Brian, tinha sido seu ídolo antes disso.

— Eu sinto muito, Brian, eu não sabia.

— Ninguém sabe, ele não comunicou à imprensa e não fala com muitas pessoas sobre isso, mas todo mundo desconfiava, com a perda de peso e tudo mais. Quando eu fui visitá-lo, ele me contou. Ele está morrendo, Vicky, é uma questão de meses, e eu não tive coragem de contar para ele sobre mim. Ele estava usando uma cadeira de rodas. Precisa agora da ajuda de um enfermeiro até para ir ao banheiro. Ele pediu para ir ao banheiro e não deu tempo e ele se sujou na minha frente. É assim que ele está morrendo, Vicky. Nada bonito de se ver.

Brian voltou a chorar, Vicky se esforçou para não chorar também. Ted era um vocalista vigoroso, um *Front Men* como Brian, era impossível que ele não se identificasse. Assistir a Ted morrer com AIDS e ser soropositivo era como olhar em um espelho mágico e ver como seria a sua própria morte em um futuro breve. Vicky se sentiu péssima por ter pressionado tanto Brian. Jurou a si mesma que nunca mais faria isso.

— Brian – ela disse com a voz seca pelo nó que tinha na garganta, mas com determinação –, isso não vai acontecer com você! – Ela se aproximou dele e se ajoelhou na sua frente, segurando com firmeza seus braços. – Isso não vai acontecer com você!

Ele chorou descontroladamente e ela o abraçou.

– Isso não vai acontecer com você! Você está tendo acesso a um tratamento que ele não teve. Me desculpa por ter pressionado você assim. Eu não vou mais fazer isso, eu prometo. Eu sei que seu tratamento vai dar certo. A gente vai lutar para que essa doença não se desenvolva em você até encontrarem a cura. É uma questão de tempo, o mundo todo está trabalhando nisso. Eu vou esperar pela cura com você, meu amor, do jeito que você quiser. Você não vai mais ter que se preocupar comigo. Eu acredito em você, Brian, você é mais forte que esse vírus, você vai ficar bem. Nós vamos ficar bem. Eu prometo a você.

Ela enxugou o rosto dele e beijou seus lábios.

– Vamos deitar. Você precisa descansar um pouco. Vou pedir um médico para dar uma olhada na sua mão e alguém para arrumar essa bagunça.

Mais um álbum

Quando as férias de julho terminaram, Vicky teve que voltar ao Brasil.
 Brian levou-a até o aeroporto junto com Carol e o segurança que dirigiu o carro. Carol fez o check-in e Vicky ficou no carro, grudada em Brian até o momento do embarque. Eles se despediram aos prantos.
 Uma vez de volta a São Paulo, apesar da saudade que sentia de Brian, ela estava feliz. Era bom ir à faculdade, rever os amigos e, acima de tudo, caminhar despreocupadamente pelas ruas e pelo campus da universidade. Livre, era como se sentia. Se pudesse, pensou, não entraria em um avião por ao menos um ano. E precisaria de muitos meses para desejar viajar novamente. Estava tão acostumada a dormir em lugares diferentes e procurar por suas coisas dentro de uma mala, que passar mais de duas noites na mesma cama e ter suas roupas organizadas no armário era um luxo do qual usufruía com imensa gratidão.
 Ela decidiu que aproveitaria ao máximo o segundo semestre no Brasil, queria passar o maior tempo possível com os amigos e com a família, curtir a faculdade, o trabalho na ONG e na escola.
 Sabia que o ano seguinte seria difícil. Brian ainda estaria em turnê, ela teria que passar muito tempo sozinha. Tinha medo de como seria recebida na nova universidade e tinha dúvidas sobre seu inglês ser suficiente para acompanhar o curso. E havia outros complicadores: Brian só deixaria a banda em um ano e meio, ela não poderia vir ao Brasil com frequência, no máximo uma vez por ano, para as festas, já que não teria como justificar financeiramente suas viagens. Seus pais, também por questões financeiras, certamente

só a visitariam uma vez ao ano, provavelmente nas férias de julho, portanto, veria sua família em julho e dezembro, se não quisesse despertar suspeitas sobre sua condição de bolsista. Nunca ficou tanto tempo sem a família.

Os amigos também veria só quando viajasse ao Brasil, com sorte eles poderiam visitá-la uma vez ao ano em Los Angeles.

Se fizer amigos na UCLA, pensou, não vão poder ser íntimos. Como justificar morar tão perto da universidade e nunca estar em casa? Uma coisa era manter uma vida dupla em São Paulo, com Brian morando em Los Angeles, outra era morar com ele lá sem que ninguém desconfiasse. Seria um ano solitário, ela previu, ainda bem que havia Carol. Pelo menos ela poderia visitá-la com freqüência e com ela poderia falar ao telefone todos os dias sem ter que fingir se preocupar com a conta.

Às vezes, Vicky passava a noite acordada, pensando se não seria melhor assumir de uma vez por todas o relacionamento com Brian, mas empalidecia ao pensar em seus pais. Como explicar que era noiva de alguém como Brian Blue? Que iria se casar com ele? Que namoravam há menos de um ano, mas que se amavam e queriam passar o resto da vida juntos? Até para ela, aquilo parecia surreal demais. Seus pais não entenderiam.

Morando fora seria mais fácil, eles se habituariam à independência dela e, quando Brian já tivesse deixado a banda, anunciaria que o conheceu por acaso, em que circunstâncias teria que pensar, mas tinha um ano e meio para isso. Depois, diria que ficaram amigos, apresentaria Brian como amigo e, quando ele ganhasse a simpatia de todos, anunciaria o namoro, o noivado e o casamento.

Sua família certamente acharia a decisão precipitada e ficaria apreensiva, mas apresentar a realidade em doses homeopáticas era a forma mais segura de evitar que alguém sofresse uma parada cardíaca. Definitivamente, não podia chegar em casa e dizer que estava indo embora do país para morar com um *rock star* divorciado e recém-recuperado do vício de heroína. O fato do primeiro casamento dele ter durado apenas poucos meses e de sua ex-esposa ter sido fisicamente agredida não contaria pontos a seu favor. Era melhor que sua família não soubesse disso. Talvez, quando ele sumisse da mídia, Vicky desejou, essas histórias sumissem junto com ele.

Ainda havia a questão do HIV. "Bem," ela pensou, "sobre isso eles não vão poder saber *mesmo*." Sabia que a internariam em um hospital psiquiátrico ou a acorrentariam na cama, fariam qualquer coisa, mas não permitiriam que ela se relacionasse com um soropositivo. Decidiu que jamais contaria isso a ninguém, Carol seria sua única confidente. Sua família só saberia quando Brian estivesse morrendo, e quando esse dia chegasse, nada mais importaria de qualquer forma. Afastou-se desse pensamento. Brian ficaria bem com o novo tratamento, ninguém precisaria saber.

Era melhor manter os planos inalterados, não gostava de mentir, mas era a melhor solução, com o tempo as coisas se ajeitariam. Decidiu aproveitar seu resto de ano de solteira da melhor maneira possível.

Envolvida com suas atividades acadêmicas e profissionais, Vicky viajava para encontrar Brian uma vez por mês. Ele, em turnê, vinha ao Brasil também uma vez por mês, por poucos dias, o que resultava num encontro de aproximadamente uma semana por mês, três a quatro dias na primeira quinzena e mais alguns dias na segunda quinzena.

Ela preferia quando ele vinha, pois tinham mais tempo para ficar juntos. Quando ele estava em São Paulo, ela só deixava a suíte do hotel para ir à faculdade ou trabalhar. Quando viajava para encontrá-lo, tinha que dividi-lo com a rotina da turnê.

Quando não estava com Brian, dedicava o maior tempo possível à família e aos amigos. Viajava todo final de semana para Campinas e recebia Ítalo, Verô e Mônica todas as noites em sua casa em São Paulo.

Se Vicky aproveitava o tempo sem Brian, ele não fazia o mesmo. Estava cada vez mais impaciente com a turnê e as obrigações contratuais e odiava cada minuto que passava longe dela. Tentava não demonstrar, mas Vicky sabia que ele se incomodava com o fato dela não viajar mais vezes para vê-lo. O que ela podia fazer? Tinha a faculdade e os empregos e, quando ia encontrá-lo, eles mal ficavam juntos. E também faltava tão pouco tempo para ela deixar tudo por ele. Sentia-se tão culpada por enganar a família e os amigos que queria se dedicar um pouco a eles também, mas Brian se incomodava com essa dedicação.

Ele detestava o fato de ela passar o final de semana com os pais. Significava que ele não poderia ligar. E detestava também quando ligava para São Paulo e o apartamento estava sempre cheio de gente, em especial, o fato de Ítalo sempre estar lá. Detestava quando Vicky o chamava de Billy para não despertar suspeitas nos amigos e falava baixinho com ele no quarto para que ninguém ouvisse na sala, ou quando seus amigos gritavam "de novo!!?" em protesto, se ele ligasse mais de uma vez na mesma noite. A esta altura ele já entendia relativamente bem o português, apesar de não falar quase nada, apenas poucas expressões e alguns palavrões.

Em uma das noites que ligou, Brian disse que não viria nos próximos dias como tinha planejado, havia surgido um imprevisto, alguma questão com a gravadora que ele não quis especificar e, para não ter que cancelar shows, ele teria que usar os dias que havia planejado vir ao Brasil para ficar em Los Angeles e participar de algumas reuniões. O período era no meio da semana, quando Vicky dava aula na escola e na ONG, mas, como não tinha cometido nenhuma extravagância nos últimos meses, ela decidiu que poderia arcar com algumas faltas no trabalho e encontrar Brian. Não conseguiria ficar mais de quinze dias sem vê-lo, estava morrendo de saudade e era sempre bom encontrá-lo em casa.

♪♪♪♪♪♪

Eles estavam no sofá da sala de home theater, completamente indiferentes ao que passava na tela de projeção, viviam seu próprio romance no estofado.

– Ok – Brian disse afastando-se de Vicky –, acho melhor eu ir tomar um banho.

Ela sorriu e se aproximou dele novamente.

– Na melhor parte do filme? – disse, sem ter a menor ideia do que assistiam. – Vamos ver só mais um pouquinho – falou baixinho em seu ouvido enquanto mordia sua orelha e beijava seus lábios.

– Me deixe, Vicky!

Ela não perdeu o humor.

– Você deveria ser obrigado judicialmente a me pagar terapia, sabia? É traumatizante ser rejeitada o tempo todo! Só mais um beijo? Em prol da minha saúde mental! – brincou.

– Isso não tem a menor graça – ele respondeu mal-humorado.

– Para você nada tem graça! Que coisa mais chata, Brian! Desde que eu cheguei aqui você está nesse mau humor. A gente não está fazendo nada demais, só namorando. Será que você não pode relaxar um pouco!? – ela reclamou, e depois abrandou o tom. – Vem cá, deixa eu fazer uma massagem para você soltar essa tensão, eu não quero brigar, estou tão feliz por estar aqui com você...

— É, você anda muito feliz mesmo! — ele respondeu em um tom que ela não compreendeu.

— É claro que estou feliz. Estou com a pessoa que eu amo, como poderia não estar feliz?

— E a quantas pessoas você ama, afinal de contas? Sim, porque você me parece radiante toda a vez que eu ligo pra você em São Paulo.

Vicky interrompeu a massagem e se colocou na frente dele.

— Do que exatamente você está me acusando agora?

— Que tipo de festa você faz em seu apartamento todas as noites enquanto eu fico trabalhando, hein, Vicky? E o que você tem com aquele cara que não sai de lá?

— Com o Ítalo? Você quer saber o que eu tenho com o Ítalo!? Eu e as outras meninas transamos com ele. Às vezes, a gente transa só entre a gente, sabe? Só garotas, mas ele gosta de observar — ela respondeu, fulminando-o com o olhar.

Brian olhava para ela com um misto de dúvida, fúria e desapontamento. Se levantou, mas não deu um passo, apenas cerrou os punhos.

— Brian? — ela chamou confusa com a reação dele. — Eu estava sendo irônica. Você não acreditou no que eu disse, acreditou?

— Eu não sei! Você passa todas as noites com eles e a Carol adorou a experiência de transar com aquela garota e o Kevin, ao que me consta.

— Você está com ciúme da Carol, Brian!? Você acha agora que, porque a Carol teve uma experiência com uma garota para impressionar o Kevin, eu estou transando com ela!? Por favor, me diga que está brincando! Brian, eu vou ter que internar você, você está completamente louco!

Ele a olhou atormentado e ela o abraçou.

— Por favor, não enlouqueça, está bem? Eu amo você.

— Me desculpe — ele respondeu com um suspiro de alívio; finalmente, se dando conta de que estava exagerando —, é muito difícil para mim ficar sem você. Eu vejo você tão bem sem mim e fico morrendo de ciúme.

— Eu estou me despedindo deles, é só isso. Eu não fico bem sem você, eu morro de saudade, mas falta tão pouco para eu me mudar que eu quero passar um tempo com os meus amigos, com minha família. É só isso.

– Você já falou com seus pais?

– Ainda não.

Foi o suficiente para ele voltar a se irritar.

– Você vai se mudar mesmo, Vicky!? Quando pretende contar, afinal de contas?

– Depois das festas, em janeiro.

– Janeiro!? Você vai falar para eles em janeiro!? Achei que iria se mudar em dezembro quando as aulas terminassem. Se vai contar em janeiro, quando pretende vir?

– Eu venho em janeiro, Brian, no final do mês. Só não quero estragar o final de ano de ninguém. Eles são muito apegados a mim, eu sei que vai ser um drama. Vou esperar as festas passarem e depois conto e já me mudo. Digo que queria fazer uma surpresa, que não tinha certeza se ganharia a bolsa e que só contei depois que soube do resultado.

– Eu não sei, Vicky, às vezes acho que não vai dizer nunca.

– Brian! Você vai mesmo brigar comigo por causa de um mês?

– Está quase na hora da reunião – encerrou a conversa rispidamente e subiu as escadas sem olhar para trás. Estava definitivamente em um dia ruim.

Vicky foi se arrumar e quando desceu não encontrou Brian na sala, apenas Júlia.

– Ué, Júlia, cadê o Brian?

– Está esperando no carro, disse que não quer se atrasar. É melhor você correr, ou é capaz de ele ir sem você.

– O que está acontecendo, Júlia? Ele não queria que eu fosse com ele de jeito nenhum. Veja se tem cabimento!!? Eu voar até aqui para ficar em casa sozinha!

– Eu não sei, mas se quer mesmo ir, é melhor se apressar, ele realmente não queria levar você, e se demorar um pouco mais... é melhor não deixá-lo esperando. Vá logo.

– Sim, senhora! – Vicky bateu uma continência e correu para o jardim, onde Brian a aguardava com o motor ligado. Ela entrou no carro rindo.

– Não é uma governanta isso que você tem em casa, é um general! As pessoas deviam parar de querer agradar você sempre, você fica muito mimado, sabia? Ela me disse que eu não devia deixar você esperando, acredita?

Como não obteve resposta, continuou a falar.

– Para onde vamos, afinal?

– Bar One – ele respondeu secamente enquanto cruzava os portões.

– Para um artista, você é muito pouco criativo. Sempre os mesmos lugares. Será que você... Brian! – ela gritou horrorizada. – O que está fazendo!?

Tinham acabado de passar pelos portões quando ele acelerou de ré e depois freou bruscamente, parando a poucos centímetros do próprio muro. Entre o muro e o carro havia uma garota, que por pouco não foi prensada contra a parede. Ela estava sem cor no rosto pelo susto que levou. Brian acelerou novamente, deixando-a encostada no muro, atônita, para trás.

Vicky abriu o vidro do carro e se pendurou pela janela para ver a moça. Ela estava bem.

– Ponha o cinto – Brian ordenou – e não abra a janela. Não há razão para se ter um carro blindado se você abre a janela.

Ela pôs o cinto em silêncio e fechou a janela. Notou que sua mão tremia quando apertou o botão.

– Muito bem – ela disse asperamente. – O que você acha que está fazendo? Você está louco!? Você podia ter matado aquela garota, sabia disso?

– Ela vive me perseguindo. Descobriu o meu endereço e vive no meu portão. Malditos fotógrafos! Agora ela aprendeu a lição.

– Brian! Você não pode fazer isso! Se não quer uma fã ou uma fotógrafa, ou seja lá o que for na sua porta, chame a polícia, faça seus seguranças a afastarem, faça qualquer coisa, mas não tente matar a pessoa! Você podia tê-la matado! Você está ouvindo o que eu estou dizendo!?

– Não faça drama, meu freio é bom.

– Sua cabeça é que não é! Se fizer algo parecido com isso de novo eu juro que saio do carro em movimento e deixo você falando sozinho. Chega, Brian! Loucura tem limite! Você está agindo como um louco desde que cheguei aqui.

– Se sair do carro, é um favor. Sabe muito bem que não queria levar você à reunião. Não sei como você me convenceu. Você vai ficar no bar enquanto eu trato dos negócios.

– Do que se trata essa reunião, afinal de contas? Por que você está tão agitado? Quem vai estar lá?

— James, alguns advogados, gente da gravadora, empresários.
— E do que se trata? — ela insistiu.
— Mais um álbum. Para depois da turnê — ele respondeu rapidamente, como se não quisesse se fazer ouvir e aumentou o volume do som.

Vicky virou o rosto para a janela e depois para ele. Repetiu esse movimento por algumas vezes mordendo os lábios e então explodiu.

— Eu estou há dias perguntando sobre essa reunião e você me diz que não é nada importante e agora vem com essa cara de pau me dizer que eles querem mais um álbum!? Para depois da turnê!? Achei que iria deixar a banda depois da turnê, Brian! Você vai fazer mais um álbum? É isso?

— Eles estão me obrigando.
— Como se alguém obrigasse você a alguma coisa! Qual é? Por que não diz logo que não vai deixar essa banda nunca, que *não quer* deixar a banda! Você é um mentiroso, é isso que é! — ela gritou.
— Eu *nunca* menti para você, Vicky, nunca!
— Ah, não? — disse já chorando de raiva. — Então, o que vamos fazer nessa porra dessa reunião!? Por que não disse simplesmente "não"?
— Eu não preciso de um ataque histérico seu agora! — ele gritou. — Já estou suficientemente irritado para ter que aguentar isso.
— Ah, me desculpe — ela respondeu com ironia —, tinha me esquecido que ter ataques era uma prerrogativa *sua*. Eu não tenho razão nenhuma para ter um ataque, você tem razão. Vá para o inferno, Brian! — disse agravando o tom. — Você mentiu para mim, você disse que *queria* deixar a banda!
— E quero, mas e se eu não puder deixar, Vicky? Achei que você tinha dito: "Eu não pediria isso a você. Música é a sua vida." Mudou de ideia, não foi?

"Maldita memória a dele", ela praguejou. Lembrava-se do que tinha dito, palavra por palavra!

— Você sempre inverte as coisas, manipula o que a gente fala a seu favor! Se alguém mudou de ideia aqui foi você. *Você* mudou de ideia e nem se deu ao trabalho de discutir isso comigo. Eu não sei o que eu faço ao lado de alguém como você. Você é muito egoísta, não tem a menor consideração por mim. Se eu vou passar o resto da minha vida trancada num quarto de hotel, eu tenho ao menos o direito de saber, não acha? Como esconde isso de mim!?
— Eu sabia que você teria um ataque!

— Você é muito covarde, covarde e mentiroso, é isso que é! — acusou com os olhos úmidos e cheios de raiva.

Ele socou o volante e acelerou o carro.

— Eu nunca menti para você — ele disse num tom de voz baixo, mas assustador. Esforçava-se para manter o controle. As mãos dele tremiam, os dedos estavam cravados no volante.

— Achei que você *queria* deixar a banda. Você *disse* que queria, que foi por isso que fez aquela negociação, para se livrar da obrigação contratual do lançamento do outro álbum para daqui a dois anos.

— Foi, foi por isso, mas de alguma forma parece que eles mudaram de ideia. Há muitas coisas envolvidas nesse negócio, Vicky, muitas coisas que você não entenderia. O Fears movimenta muito dinheiro. Eu *quero* deixar a banda, eu não menti para você, mas eles me pressionam e me chantageiam de todas as formas, e isso inclui você.

— Agora *eu* sou a razão deles chantagearem você!? Pois é muito bom eu ir a esta reunião, eu vou falar com essas pessoas. *Eu* vou resolver isso! Com que tipo de gente você está envolvido, Brian?

— O pior tipo. E você não vai falar com ninguém. Quer saber? Eu já me arrependi de ter trazido você. Vou levar você de volta para casa.

— Ah, mas não vai mesmo! Nem tente. Você acha que eu sou um brinquedo? Que você me *guarda* quando bem entender? Nem tente me levar para casa, eu estou avisando você!

Eles estavam parados em frente ao Bar One.

— Escute, Vicky, você precisa se acalmar, nós precisamos nos acalmar. Vou ter um encontro duríssimo agora, já estou irritado o suficiente, brigar não vai ajudar. Eu vou resolver isso, está bem? Se não vai ficar no bar, vou levar você de volta. Era por isso que não queria ter contado antes da reunião, mas é impossível esconder qualquer coisa de você, você tem um maldito radar. Você queria saber o que estava errado, agora já sabe, mas tem que confiar em mim, *eu vou* resolver isso. Vai ficar no bar ou voltamos para casa?

— Tá bom... eu fico no bar — ela disse com resignação. — É melhor mesmo, eu sou capaz de pular no pescoço de um deles. Essa gente não me conhece!

Brian riria da cólera dela se não estivesse com o humor tão sombrio.

— Vai ficar bem aqui? — ele perguntou acomodando-a no banco do bar junto ao piano.

— Vou. Vá lá, boa sorte.

Brian seguiu para a mesa onde estavam James e mais quatro homens que pareciam executivos ou advogados.

James deve ter perguntado por ela, pois Brian apontou em sua direção e ele acenou. Vicky acenou de volta, irritada demais para sorrir. De que lado James estaria?

Vicky pediu um drink e não tirou os olhos da mesa onde acontecia a reunião. Pelo jeito, a discussão estava tensa. Brian não parava de fumar, um cigarro atrás do outro. Falava pouco e às vezes desviava a atenção da mesa para o bar onde ela estava. Ela fingiu estar interessada na apresentação do pianista, não queria ser uma distração para ele. Já não tinha certeza se acompanhá-lo tinha sido a melhor decisão, mas havia notado que existia algo de muito errado com aquela reunião e queria descobrir o que era. Se ao menos ele tivesse dito antes do que se tratava, mas ele tinha aquela maldita mania de poupá-la de todas as coisas. Agora era tarde, já tinham brigado, Brian foi ainda mais tenso para a reunião e o melhor que ela podia fazer era ficar invisível e torcer para que ele encontrasse uma forma de contornar a situação.

— Olá! — disse um homem de aproximadamente quarenta anos e um pouco acima do peso que se sentou em um banco ao lado de Vicky.

— Desculpe, eu não falo bem inglês — ela respondeu tentando se esquivar da conversa.

— Não? E de onde é? — ele disse muito pausadamente e acompanhando cada palavra com gestos de mímica.

— Brasil — ela decidiu responder, considerando que todos aqueles gestos só chamariam mais atenção.

— Brasil! Eu logo vi. Acho que a mulher brasileira tem uma beleza característica, tão sensual...

Ela sorriu agradecendo e virou-se em direção ao piano, voltando às costas levemente para ele. "Era só o que me faltava", pensou.

— Eu vi você entrando com o Brian Blue. Está com ele?

Era mesmo só o que faltava. Quem era aquele cara? Algum caçador de histórias? Jornalista? Vicky decidiu esvair-se da conversa.

— Estou só acompanhando-o esta noite. Com licença, preciso ir ao toalete.

— Ah! — Ele sorriu malicioso. — Então esse é o seu trabalho...

Por um segundo ela se ofendeu, mas depois percebeu que a conjectura dele era a mais óbvia, afinal, ela tinha dito que só estava acompanhando-o, e por uma noite. Não deixou de considerar aquele americano arrogante e preconceituoso; o fato de ela dizer que era brasileira deve ter contado para a criação de sua suposição, mas, àquela altura, e sem saber quem era aquele homem, imaginar que ela era prostituta faria mais bem do que mal, afinal de contas, Brian Blue aparecer em um bar privê acompanhado de uma garota de programa de luxo não seria notícia.

– Sim, estou trabalhando, com licença.

– Espere! – ele insistiu. – Me diga de qual das agências é. Talvez eu ainda possa ter um horário com você, depois que terminar com o Brian.

– Não hoje, ele reservou a noite toda, com licença.

– Ok, mas quero o telefone da sua agência.

Vicky queria simplesmente ir embora, mas imaginou que uma profissional não seria descortês com um cliente em potencial; pensava em uma maneira de livrar-se daquele sujeito sem se denunciar.

– É que sou nova na agência e não sei o telefone de cor.

– Mas deve ser uma das garotas da Pâmela. Ela tem sempre as melhores garotas.

– Isso mesmo. Com licença, preciso trabalhar, meu cliente está esperando.

– Claro, só mais uma coisa. Vou lhe deixar o meu cartão. Sou empresário, trabalho no ramo de revistas masculinas. Queria convidar você para fazer um teste. Fotos sensuais, coisa de bom gosto. Tome, pegue o meu cartão.

Ela respirou fundo para recuperar a calma, então sorriu e estendeu o braço para pegar o cartão. Ele segurou seu braço e se aproximou dela.

– Não deixe de ligar – disse no seu ouvido com o corpo grudado no dela. – Vocês brasileiras têm mesmo uma sensualidade especial.

Vicky arregalou os olhos e estremeceu. Em pânico, olhou em direção à mesa de Brian pedindo a Deus que ele não visse aquilo e que ela se livrasse logo daquela situação, mas era tarde, não o encontrou na mesa e não teve tempo de procurá-lo; ele a puxou dos braços do empresário com violência e o socou, levando-o ao chão. Não satisfeito, pulou sobre o homem no chão, esmurrando-o com uma violência enlouquecida.

– Brian! Pelo amor de Deus, pare com isso! Você vai matá-lo! – Vicky tentou intervir, mas ele nem sequer a ouviu.

Dois seguranças apareceram e o contiveram.

— Você está louco, cara? — disse o homem com a boca e o nariz ensanguentados ainda deitado no chão. — Você deve estar doidão para fazer isso *comigo* por causa de uma puta. O que andou tomando?

A situação era pior do que ela tinha imaginado. Então eles se conheciam. De repente, ela se lembrou de que todos se conheciam em maior ou menor grau naquele lugar. Quando perceberam que o outro homem não estava disposto a reagir, soltaram Brian.

— É só uma *puta*, cara — ele disse se levantando.

Brian não gostou do adjetivo e o outro teve o trabalho de se levantar só para ser nocauteado ao chão novamente.

— Brian! — Vicky gritou. — Deixe-o em paz! Não é nada do que está pensando! — Tentou segurá-lo, mas ele virou-se pela primeira vez para ela, transtornado.

— Cale a boca, sua puta! — Agarrou-a pela roupa e depois a empurrou com tanta violência que ela foi arremessada ao chão com o vestido rasgado. Parte do tecido ficou na mão dele.

Ela ficou caída pelo que pareceu uma eternidade. Seus olhos arregalados cruzaram com os de Brian, que estava em pé, imóvel na frente dela, confuso e assustado.

Ela não via e nem ouvia com clareza, parecia estar em um pesadelo mudo exibido em câmera lenta. Via as pessoas em volta dela sem distinguir seus rostos. Notava que diziam algo, pois suas bocas se mexiam, mas não compreendia as palavras. Pôde distinguir James se aproximando, tirando a jaqueta, cobrindo-a e depois a ajudando a se levantar.

— Vicky? — Brian chamou com a voz suplicante.

— Me deixe em paz — ela respondeu e saiu.

Ele a seguiu até a calçada. James também a seguiu, mas ficou na porta da boate, observando de longe.

— Vicky, por favor, não pode sair na rua assim, seu vestido está todo rasgado.

— É mesmo? — ela perguntou com ódio na voz e continuou a andar. — Eu achei que era assim que as putas andavam. Nuas. É isso que eu sou, não é? Uma puta que sai por aí com qualquer estranho que encontra! Então, a roupa está bem apropriada para mim.

— Vicky, por favor! — Ele a segurou pelo braço.

Ela se virou e lhe deu um tapa no rosto. Surpreso, Brian soltou o braço dela.

— Nunca mais toque em mim! Foi a primeira e última vez que você me bateu. Chega, Brian! Para mim chega! Eu me cansei de suas loucuras!

— Vicky, eu sinto muito, eu não tive a intenção...

— Você nunca tem! – ela o interrompeu. – Chega! E não venha atrás de mim ou eu chamo a polícia.

— Aonde você vai? Você não pode andar sozinha por aí à noite, desse jeito.

— Me deixe em paz! – ela gritou, tirou o salto e descalça correu na direção oposta à dele.

Ele correu atrás dela, mas, toda vez que fazia menção de se aproximar, ela gritava para ele se afastar e ele recuava alguns passos para então tentar se aproximar novamente. Teriam ficado a noite toda assim se James não aparecesse de carro.

— Entre no carro, Vicky! – James disse, abrindo a porta do passageiro.

— Vá para o inferno você também. Vocês são todos loucos!

— Vamos, Vicky, entre no carro. Você vai acabar presa andando como louca sem documento noite adentro. O Brian vai ter que ir buscar você na delegacia e certamente será um escândalo. É isso que quer? Entre no carro – ele pediu com doçura –, a gente dá uma volta, você esfria a cabeça, conversa um pouco e aí você decide o que fazer.

Ela entrou a contragosto.

— Uau! – ele disse. – Eu nunca vi ninguém enfrentando o Brian como você fez. Cara – ele riu –, isso foi divertido!

— Cala a boca, James!

— Ok – ele disse, rindo e aumentando o volume do som.

O celular tocou. Era Brian.

— Calma, cara! Está tudo bem, vou dar uma volta até ela esfriar a cabeça. Vá para casa. Eu a levo para lá quando estiver mais calma.

— Não, cara – ele continuou –, eu não quero morrer, fique tranquilo.

— O que ele queria? – ela perguntou.

— Você de volta. Quer um cigarro? Tem uísque no porta-luvas.

— Vocês são inacreditáveis!

— Quer conversar?

— Não!

— Ok – ele disse, aumentando o som –, mas que foi divertido foi. Que tapa você deu nele, hein! Bem que ele mereceu.

Ela o encarou furiosa e ele riu, mas depois se limitou a ficar quieto e dirigir.

James dirigiu por quase uma hora, aparentemente sem destino, mas, quando ela notou, estava em frente à casa de Brian.

– Ok, Vicky, falando sério agora. Não sei o que acontece entre você e o Brian e algo me diz que você não vai me contar. Eu amo o Brian, apesar de detestá-lo muitas vezes, mas gosto muito de você também e acho que você é só uma menina, entende? O Brian me pediu para trazer você de volta, mas se não quiser voltar posso levar você para um hotel, providenciar roupa e que volte para casa em segurança. Se quer minha opinião, acho que deveria entrar lá e conversar com ele. O cara é louco por você, mas a decisão é sua. Então, o que vai ser?

Ela olhou para ele, já mais calma e com ternura.

– Tenho que pegar meu passaporte de qualquer maneira.

– Boa sorte – ele disse abrindo a porta do carro. – Se precisar de algo, ligue para mim.

– James?

– Sim?

– Obrigada.

– Eu gosto de você, Vicky. Por favor, se cuide, ok?

Ela sorriu e entrou. Seu sorriso era triste, não sentia mais raiva, só uma enorme tristeza.

Brian estava na sala de estar, sentado em frente à lareira com a cabeça entre as mãos. Júlia estava ajoelhada em frente a ele, com as mãos em seus joelhos, consolando-o.

– Graças a Deus! – Júlia exclamou, quando viu Vicky entrando.

– Vou precisar de um táxi até o aeroporto, Júlia. Você pode, por favor, chamar um para mim? – Vicky perguntou enquanto subia as escadas em direção ao quarto.

– Que bobagem, Vicky – ela respondeu seguindo-a. – Se vai a algum lugar, sabe muito bem que o motorista pode levar você. Você está bem, minha querida?

– Vou ficar. Vou arrumar minhas coisas.

– Por que não vai tomar um banho, trocar de roupa, descansar um pouco? Depois, se ainda quiser ir, peço para uma das empregadas fazer sua mala, hein?

– Júlia, eu quero ficar sozinha. E posso muito bem fazer minha própria mala. Obrigada.

Brian estava parado na porta do quarto, Vicky evitou olhar para ele, abriu sua mala e começou a arrumá-la. Júlia saiu, não sem antes apertar o braço de Brian, encorajando-o.

— Eu tive muito medo que não voltasse. Por favor, não vá embora — ele pediu da porta, sem coragem de entrar no quarto.

Ela continuou a arrumar suas roupas, concentrada no que fazia.

— Por favor, não vá — ele continuou —, eu resolvi tudo, baby, eu vou deixar a banda no final do ano que vem como havíamos combinado. Vou gravar mais um disco, mas não será um álbum de músicas inéditas. Eu não vou compor e não vai haver turnê, não vai mudar nada, Vicky. Vou gravar no ano que vem e eles vão lançar no próximo, quando eu não for mais vocalista do Fears. Vai ser vendido como o último trabalho comigo nos vocais. Eles ganham dinheiro, eu cumpro os contratos, não muda nada para a gente. Vai ser até bom, vou ter como espaçar mais os shows por causa das gravações, vou dividir a turnê com o estúdio e terei mais tempo em Los Angeles, mais tempo com você, meu amor. Por favor, não me deixe.

— Eu odeio ver você se fazendo de burro quando eu sei que não é! Olha bem na minha cara, Brian. Você realmente acha que eu estou indo embora por causa disso?

— Vicky, por favor, eu não tive a intenção. A última coisa que eu quero neste mundo é machucar você, eu prefiro morrer, você sabe disso. Eu estava tão transtornado, pressionado com a reunião, com a nossa briga, tudo, Vicky, tudo que vem acontecendo. Aí vejo você com aquele cara! Eu perdi a cabeça. Me desculpe, meu amor, eu machuquei você?

Ela se sentou na cama, ele se ajoelhou em frente a ela e deitou a cabeça em seu colo.

— Me desculpe, Vicky! Eu prometo que isso nunca mais vai acontecer. Se algo parecido com isso acontecer eu deixo você ir embora. *Eu* vou embora. Me dê mais uma chance, meu amor, por favor, não me deixe.

Ver Brian chorando de joelhos cortou o coração dela.

— Eu não quero ir, Brian — ela confessou —, não sei nem se consigo ir, mas acho que deveria. Eu não posso permitir que você me agrida, Brian, não posso. Eu suporto muita coisa sua, porque eu sei o quanto está sendo difícil para você tudo isso. Eu *sei*, mas, sabe? Não é difícil só para você, é difícil para mim também.

— Vicky, eu não queria agredir você, eu não quero, baby. Eu perdi a cabeça, não vai acontecer de novo. Quando eu vi você... fiquei tão transtornado. Você não sabe como eu me sinto Vicky, eu vejo você toda vivaz, cheia de desejo e não posso satisfazer você. Qualquer um pode ter você, menos eu, Vicky, menos eu!

— Eu sei que você quer me proteger, Brian, eu gostaria que fosse diferente, mas a gente já conversou sobre isso tantas vezes... se você não estiver pronto, eu espero por você, por *você*, ninguém mais me interessa. Até isso eu posso aceitar, mas não o que aconteceu esta noite.

Ele abaixou o rosto e ela continuou.

— Sabe, Brian, eu estou um pouco cansada disso tudo. Você vive me acusando de não ter experiência de vida, de ser ingênua, de saber das coisas só teoricamente, através dos meus livros. Em parte você tem razão, eu vivi poucas coisas, comparada a você, quase nada, mas quer saber? Não adianta passar pelas mais diversas situações se não se pode aprender nada com elas. Eu tenho a impressão que você viveu tanta coisa, mas aprendeu muito pouco com suas experiências. Do que adianta? Você já deveria saber que não resolve sair quebrando tudo toda vez que é contrariado, isso só piora as coisas!

— Você não sabe como tem sido para mim, Vicky. Toda a minha vida foi uma catástrofe. Quando eu vi você, soube que teria uma chance, tudo o que sabia é que queria ter uma vida nova com você. Eu tive esperança uma única vez na vida. Eu estava feliz; pela primeira vez na minha vida, eu estava feliz, cheio de sonhos, e para quê!?

— Eu sei disso, Brian, você acha que eu não sei? Que eu também não me senti roubada, injustiçada pelo mundo, pelo universo, por Deus!? Que eu também não quis morrer? Mas não adianta a gente sentir pena da gente, não adianta! E não é de grande ajuda você tentar dar um tiro na cabeça, ou tomar uma overdose, ou sair por aí esmurrando as pessoas, quebrando tudo, me agredindo. Eu estou do seu lado, Brian, eu estou tentando ajudar você, mas eu não posso fazer isso sozinha, eu queria poder, mas eu não posso. Eu preciso que você me ajude, eu preciso que você queira se ajudar.

— Às vezes, eu acho que eu não vou conseguir. Eu não sou forte como você.

— Você não é forte como eu? Você é um sobrevivente, Brian! Eu teria enlouquecido com a metade de sua história de vida, *en-*

louquecido. Você sobreviveu e construiu um império *sozinho*. Todos consideram seu trabalho genial, o mundo idolatra você. Você tem amigos que amam e respeitam você. Você tem a mim. Você passou por tudo o que passou e conservou a doçura. Você é a pessoa mais doce que eu já conheci em toda a minha vida. Ninguém passaria pelo que você passou e conservaria a capacidade de amar como você faz. É impossível não amar você, Brian. Eu amo você, por favor, não me obrigue a deixar você, eu não quero e não posso. Eu já falei uma vez, mas acho que você não pôde ouvir, então vou falar de novo: eu me entreguei para você, Brian, completa e irrestritamente, de um jeito que eu não imaginava ser possível. Eu sou tão completamente sua, que poderia fazer qualquer coisa comigo e ainda assim eu seria sua, só sua. Por favor, não use isso para me machucar, cuide do que é seu, Brian, porque é isso o que sou, sua.

– Eu vou ser um homem melhor para você, baby, eu vou ser, você vai ver. Eu prometo, Vicky!

– Eu acredito em você, meu amor. Eu acredito! – ela disse se jogando nos braços dele.

O último ano do resto de suas vidas

E dezembro finalmente chegou.

Apesar da pouca dedicação à faculdade, Vicky conseguiu terminar o ano com boas notas como esperava. Passou o início do mês com a família em Campinas e, assim que o Fears interrompeu a turnê para as festas de fim de ano, ela viajou para Los Angeles para ficar com Brian.

Eles estavam felicíssimos com as perspectivas para o próximo ano. Em um mês estariam morando juntos, parecia um sonho. Tinham vivido tantas coisas que janeiro parecia não chegar nunca, mal podiam acreditar que faltava tão pouco.

Brian não costumava decorar a casa para o Natal, muitas vezes nem o comemorava, mas Vicky insistiu para que enfeitassem a casa, como ela fazia todos os anos com sua família.

A princípio ele se mostrou reticente, nem iriam passar o Natal lá, pois ela teria que comemorar com a família no Brasil, mas ele estava tão feliz e ansioso por fazer com que ela se sentisse em casa que decidiu mimá-la de todas as formas.

Em uma manhã, ao abrir a janela do quarto, ela ficou chocada com a quantidade de caixas e carregadores no jardim. Quando desceu, encontrou Júlia enlouquecida tentando organizar o entra e sai de pessoas e embrulhos.

– Nós vamos ser expulsos do bairro, Brian – ela reclamava. – Essa casa vai parecer um disco voador se ligarmos todas essas luzes que comprou! Você vai causar uma pane na distribuição de energia da rua!

Ele apenas sorria, divertindo-se com a situação. Júlia continuou a reclamar, mas ele não deu importância, correu para abraçar

Vicky, satisfeito com o brilho de encantamento que provocou em seu olhar.

Vicky permitiu que o decorador e os assistentes trabalhassem no jardim, mas a parte interna da casa, ela dizia, deveria ser decorada só pela família, era parte da tradição.

Sem aceitar nenhuma ajuda, nem dos empregados, com exceção de Júlia que era considerada como um membro da família, ela e Brian passaram o resto da semana incansavelmente montando a decoração de Natal. Ouviam música enquanto abriam caixas e distribuíam bolas e laços coloridos por todos os cômodos. Até Júlia passou a se divertir e só voltou a reclamar quando descobriu que passaria o Natal sozinha na casa exageradamente decorada.

Eles voaram para São Paulo a tempo de Vicky chegar a Campinas na noite do dia 23.

Brian queria se hospedar em um hotel próximo à casa dos pais dela, mas ela achou arriscado demais e o convenceu a ficar no mesmo local de sempre. Deixou-o só, com uma pequena árvore de Natal que montou para ele na suíte.

Passou a ceia feliz com a família e, à meia-noite, brindou pensando em Brian, desejando que ele pudesse estar ali. Quis ligar para lhe desejar feliz Natal, mas teve medo de que alguém ouvisse e não ligou. Consolou-se pensando que passaria o Ano-Novo com ele.

Sua família fazia questão de que passassem o Natal juntos, mas já estavam acostumados a não tê-la por perto no Ano-Novo. Ela geralmente viajava com amigos nessa época e não estranharam quando ela disse que naquele ano não seria diferente. Passaria o Ano-Novo com ele e, quando voltassem de viagem (ele tinha prometido levá-la à praia), voaria para o Brasil para comunicar sua mudança e voltaria para Los Angeles definitivamente. Esse era o seu consolo.

Tentou aproveitar ao máximo a companhia de todos no almoço do dia 25 e disfarçar a ansiedade para voltar a São Paulo. Tinha prometido jantar com Brian para comemorar o Natal.

Chegou ao hotel no início da noite, ansiosa para encontrá-lo e preocupada com sua reação. Temia que estivesse bravo ou triste por passar o Natal quase todo sozinho, mas o encontrou radiante com sua chegada e com um jantar especialmente planejado, que foi servido por um garçom na sala da suíte enquanto um músico tocava violino.

Ela chorou de emoção; pela cena que ele criou para ela e por vê-lo tão feliz. Amava quando ele a olhava sorrindo daquele jeito. Nada mais importaria se ele continuasse sorrindo assim. O mundo poderia acabar e ela nem notaria se ele a olhasse e sorrisse como fazia naquele momento.

Ao vê-la chorando, ele dispensou o garçom e o violinista e a acolheu junto ao seu peito.

Ela enxugou as lágrimas, o beijou e depois sorriu.

– Feche os olhos – ela pediu –, tenho uma surpresa para você!

– Vicky! Você disse que não queria que trocássemos presentes, me proibiu de comprar qualquer coisa para você... – ele protestou.

– Vamos, Brian, feche os olhos!

Ele fechou e ela foi até o quarto buscar uma caixa média que havia escondido embaixo da cama na noite em que chegaram ao hotel. Brian olhou para a ela com um ar de repreensão.

– Só você pode me fazer surpresas? Abra! – ela ordenou.

Como uma criança, ele se sentou no chão, rasgou o papel do presente e, quando a caixa denunciou do que se tratava, ele arregalou os olhos e depois baixou a cabeça, emocionado. Manteve as mãos na caixa sem abri-la e, se não fosse pelo movimento de sua respiração profunda denunciada pelo arfar do peito, quem o visse teria certeza de apreciar a uma gravura.

Era um robô do *Lost in Space*.

Brian havia comentado o quanto gostava daquela série de TV quando criança, apesar de ter que ver o seriado escondido na casa de um coleguinha da igreja cujos pais eram menos fanáticos, pois seu padrasto não permitia TV em casa por considerar o objeto coisa do demônio. Ele também não permitia brinquedos ou qualquer distração que não fosse a igreja e, uma vez, passando com os pais em frente a uma loja de departamentos, viu o robô na vitrine e o pediu para a mãe. Não ganhou o brinquedo e foi espancado pelo padrasto por desejar algo tão pecaminoso como um brinquedo inspirado em uma série de TV.

Vicky nunca tinha se esquecido daquela história e, com a ajuda de Ricardo, conseguiu um exemplar do brinquedo em ótimas condições, ainda na caixa original.

– Eu queria dar algo que você quisesse ter – ela explicou –, você tem tudo, é difícil presentear você. Por favor, não chore! Achei que iria gostar. Não daria se soubesse que iria ficar triste... – falou, já com dúvida de que tinha feito a escolha certa, não queria vê-lo triste naquela noite.

– Eu não estou triste – respondeu –, só emocionado... foi a coisa *mais bonita* que alguém já fez por mim – ele disse finalmente, largando a caixa e abraçando-a. – Obrigado! E também tenho uma surpresa para você – ele continuou a falar enquanto tirava uma pequena caixa preta do bolso e a estendia para Vicky.

Ela se aborreceu um pouco com o que julgou ser mais uma tentativa dele de presenteá-la com joias, mas ficou surpresa quando encontrou uma chave comum dentro da caixa.

– É a chave do seu coração? – ela perguntou, rindo da ideia piegas dele.

– Meu coração você roubou no momento em que me olhou – ele respondeu sério. – É a chave da nossa casa nova, Vicky. Eu fiz o que você me pediu naquele dia em Los Angeles, na festa de Páscoa. Eu mantive a casa.

Eles nunca mais haviam conversado sobre aquela casa. A casa que ele tinha comprado para construir uma família com ela, a casa que representava todos os sonhos que tinham tido juntos. Ela achou que ele tinha se desfeito dela.

– Eu a mantive – ele continuou – e segui a reforma de acordo com o que combinamos antes de sabermos de tudo... Da próxima vez que voltarmos de São Paulo, iremos para *nossa* casa. Ela estará pronta. Meus exames ficaram prontos e os médicos estão muito otimistas. Agora eu sei que é uma questão de tempo, Vicky, eu *sei* que vamos realizar todos os nossos sonhos juntos. Obrigado, baby, por todas as vezes que me salvou; por me manter vivo. É a primeira vez em que me sinto realmente vivo. Obrigado por todas as vezes que esteve mais do meu lado do que eu podia estar, por acreditar em mim quando eu já não acreditava. Eu amo você, Vicky. Eu amo muito você!

Eles se abraçaram e choraram emocionados. Depois riram, brincaram juntos com o robô, namoraram e exaustos foram dormir.

Vicky se surpreendeu quando, alguns dias depois, se viu a caminho de Los Angeles. Ela imaginou que ele fecharia algum resort no Brasil para que pudesse cumprir sua promessa de levá-la ao litoral, era inverno nos Estados Unidos e, mesmo não sendo muito frio em Los Angeles, não era quente o suficiente para ir à praia.

– Onde está Júlia? – ela perguntou quando eles chegaram em casa.

— Ela foi na frente para preparar tudo para a nossa chegada amanhã.

— Amanhã?

— É, vamos viajar amanhã cedo. Passaremos a noite em casa só para descansar um pouco, assim você aproveita e se despede daqui. Quando voltarmos já teremos mudado.

— Vou sentir falta daqui... – ela disse com nostalgia. – Então vamos viajar amanhã? Já estava pensando que nosso Ano-Novo na praia seria dentro do seu carro em Santa Mônica. – Ela riu. – Para onde vai me levar, afinal?

— Vicky! Qual a parte da palavra surpresa você não conseguiu entender?

— Só queria lembrar a você que é inverno aqui. O verão ficou em São Paulo. Você viaja tanto que se esqueceu de como as estações funcionam.

— É sempre verão com você, baby – ele respondeu com ironia.

— Não sei se a abstração vai funcionar quando entrarmos no mar. Por favor, Brian, tem um ano que não entro no mar, me diga que vamos para um lugar quente!

— É sempre calor lá, mas vai ter que esperar, não vou contar mais nada. E para de ficar me fazendo perguntas a todo o minuto como se tivesse cinco anos! – ele criticou sorrindo.

— Me conta, me conta, me conta! – ela pediu pulando na frente dele. Ele riu.

— Vai ter que esperar.

No dia seguinte, acordaram no meio da manhã e depois do café voaram por duas horas até um aeroporto que, pela distância percorrida e pela língua falada, Vicky presumiu que ficava no México. Lá trocaram o avião por um helicóptero e quando estavam voando por cerca de trinta minutos Brian anunciou:

— Chegamos!

— Onde? – ela perguntou com o nariz grudado no vidro. – Só vejo o mar.

— Lá – ele apontou para um ponto que ia ficando maior à medida que eles se aproximavam.

— Uma ilha! – ela gritou boquiaberta. – Essa é a *sua versão* de levar alguém à praia!?

— Não se entusiasme muito – ele respondeu rindo –, esse lugar não é meu. Peguei emprestado com um amigo.

— Bem — ela disse simulando um suspiro de decepção —, acho que posso continuar a amar você apesar disso...

Antes de aterrissar, Brian pediu ao piloto que desse uma volta ao redor da ilha para que ela tivesse uma vista panorâmica do lugar. Vicky estava tão feliz e entusiasmada que se sentia mesmo com cinco anos, com cinco anos e visitando a Disney pela primeira vez.

As hélices mal haviam parado quando ela saltou do helicóptero e correu para abraçar Júlia, que se apressou em recebê-los.

— Júlia! Esse lugar não é incrível!?
— Você ainda não viu nada!
— Nem preciso. Eu já amei!
— Vocês demoraram — Júlia disse voltando-se a Brian.
— Não conhece a Vicky? Dorme demais.
— Esse é Miguel — Júlia apresentou —, ele é o responsável pelos cuidados daqui.
— Eu já conheço o Miguel. Como vai Miguel? — Brian cumprimentou.
— Muito bem-vindo, senhor Blue. É uma honra tê-lo aqui novamente — ele disse em inglês com um sotaque carregado.
— Me chame de Brian, Miguel. Essa é a Vicky, minha noiva.
— Muito prazer, senhorita Vicky.
— Vicky, Miguel. Obrigada por nos receber. Que lugar lindo vocês têm aqui!
— Permita-me acomodá-los no jipe. Vocês devem estar cansados e a casa está pronta.

Miguel e Júlia foram na frente, ele dirigindo e ela no banco de passageiro. Vicky e Brian atrás. O jipe seguiu por uma trilha de mato fechado que tinha uns quinhentos metros e ligava o heliporto à sede da ilha. Vicky mantinha os olhos pregados no caminho, não queria perder nenhum detalhe. Brian não tirava os olhos dela, seu entusiasmo o encantava.

A sede, como eles chamavam a casa, era uma pequena mansão, ao mesmo tempo ostentosa e acolhedora. Toda a parte de baixo era de vidro, sustentada por vigas de madeira, dando um ar rústico mas sofisticado ao lugar. Não havia divisões, como em um loft, os diversos ambientes da sala se integravam harmonicamente. Havia um aproveitamento total da luz natural, pois a casa era praticamente um aquário, sem portas, só imensas janelas que davam acesso à piscina sem bordas com futons estrategicamente colocados para a contemplação da praia paradisíaca com quase dois quilômetros de extensão. Seria deserta se não fosse por dois generosos futons brancos e um guarda-sol que já estavam preparados para os hóspedes. Uma escada larga e lateral de madeira dava acesso ao segundo andar da casa, onde ficavam os quartos, onde havia paredes para garantir a privacidade dos ocupantes.

O casal foi levado à suíte principal.

Uma grande cama com dossel ficava em frente a uma janela panorâmica que tinha vista para o mar. A banheira da suíte tinha vista para a mata e um sistema de espelhamento permitia que quem estivesse nela pudesse apreciar a paisagem sem ser visto.

Miguel levou as malas até a suíte e Júlia pediu para que avisassem quando saíssem, pois ela pediria aos empregados para desfazerem as malas e acomodar as roupas no closet. Vicky agradeceu aos dois e assim que fechou a porta do quarto correu na direção de Brian, saltando sobre ele e derrubando-o na cama.

— Eu não acredito! — ela gritava. — Olhe para esse lugar! Brian, eu quero uma cama *igual* a essa na nossa casa nova. Promete que compra uma para a gente? Promete? Por favor!?

— Qualquer coisa que quiser — ele respondeu, sorrindo e abraçando-a.

— Qualquer coisa? — ela disse com malícia enquanto deitava-se sobre ele e beijava sua boca.

Um jogo de mãos, pernas e línguas foi bruscamente interrompido quando Brian se sentou na beira da cama levando as mãos à cabeça. Vicky permaneceu deitada ao seu lado, esperando que seus batimentos cardíacos normalizassem. Ele olhou para ela com um sorriso triste e voltou a tampar o rosto com as mãos, ela se levantou e o abraçou.

— Vou colocar o biquíni para a gente ir conhecer lá fora.

Ele assentiu com o mesmo sorriso triste.

Quando desceram, Miguel já os esperava para conhecerem a ilha. Decidiram ir de jipe para ganhar tempo. Saindo da casa havia duas trilhas que desciam em direções opostas, a do lado esquerdo dava acesso à praia e a do lado direito, mais longa, ao píer, onde estava atracada uma lancha que mais parecia um iate.

Atrás da casa, podiam-se avistar também outros dois caminhos que se revelavam na clareira. Um deles era mais estreito e íngreme, ao qual não se tinha acesso de carro. Eles deixaram o jipe e subiram aproximadamente mil metros até alcançar a parte mais alta do mirante de base rochosa. A vista era incrível, tinham visão de quase toda a extensão da ilha, e, para além dela, só havia o oceano. Vicky olhou para Brian reluzindo entusiasmo e ele a abraçou pelas costas enquanto contemplava o mar. Lá de cima, viam uma trilha maior e mais descampada. Miguel explicou que servia de estrada até o outro lado da ilha. Não havia praia, mas uma trilha através das rochas dava acesso a diversas piscinas naturais que se formavam ao longo do caminho. Eles decidiram que iriam lá só no dia seguinte, pois tinham que ir mais cedo por causa da hora da maré. Miguel se ofereceu para levá-los de volta, mas eles resolveram voltar andando e seguiram para o acesso à praia.

Vicky estava tão ansiosa para chegar na praia que, de alguma forma, conseguiu deixar Brian para trás. Ela corria em direção ao mar enquanto tirava a canga e a jogava na areia. Brian a observava de longe enquanto caminhava calmamente para alcançá-la. Estava pondo os pés na areia e vendo Vicky já com a água na cintura quando a ouviu gritar.

Correu o mais rápido que pôde e mergulhou em sua direção. Era exímio nadador e em apenas três braçadas já a tinha em seus braços.

– Eu estou aqui, meu amor. O que foi que aconteceu? – ele perguntou sem fôlego para pronunciar com nitidez as palavras.

– É uma arraia!

– Não precisa ter medo, Vicky, elas são inofensivas – disse segurando-a para protegê-la.

– Eu não tenho medo – ela explicou –, é que é tão lindo que eu tive que gritar! Brian, eu nunca entrei em um mar em que trombasse com uma arraia! E olha essa quantidade de peixes! E eu posso ver o meu pé! E os peixes passando entre as minhas pernas! Eu não acredito, é *muito* lindo! – ela gritou de novo.

– Você quer dizer que quase me matou do coração por causa de um monte de peixes? Porque achou bonitinho!? Eu achei que você tinha se afogado, sabia!? Vou contar até dez para você sair da minha frente, Vicky, ou juro que afogo você!

Ela fugiu, mas ele a alcançou, ela fugiu de novo e correu para a areia, mas em um instante já tinha sido arrastada ao mar novamente.

– Eu me rendo – ela gritou.

— De agora em diante, a senhorita não sai mais do meu lado, entendeu?

— "Faça o que quiser, eu me rendo, mas me faça feliz..." — ela respondeu cantando em português.

— Você tem muitas outras qualidades, doçura — ele disse em uma crítica velada à sua voz.

Ela mostrou a língua para ele e correu na frente mais uma vez.

— Venha, Brian, vamos conhecer o resto da praia!

Ele riu da travessura dela, lhe deu a mão e eles caminharam por toda a extensão da praia até o pôr do sol.

Quando retornaram para a casa, levaram uma bronca de Júlia. Tinham se esquecido de voltar para o almoço.

Tomaram banho, jantaram e seguiram para o mirante, com uma lanterna e um violão. Brian tocou e cantou para Vicky até de madrugada e, quando cansaram, deitaram-se no chão abraçados e, em silêncio, contemplaram as estrelas.

Vicky queria dormir até mais tarde, mas Brian, que quase não dormia, insistiu para que fossem fazer as trilhas nas rochas. Seguiram no jipe com Miguel e o material de mergulho até onde era possível ir de carro e depois passaram o dia caminhando entre as rochas e mergulhando nos aquários naturais. Distraíram-se e a maré subiu, obrigando-os a voltar pelo mar. Miguel ia à frente, pois conhecia aquele lugar dentro e fora d'água como ninguém. Brian o seguia, puxando Vicky pela mão enquanto nadava. Ela, a todo o momento, cutucava-o e "falava" com ele apesar da máscara de mergulho, fazendo-o emergir preocupado. Depois ele desistiu de lhe dar atenção; era sempre um cardume de peixes ou qualquer espécie marinha que ela descobria e queria compartilhar.

Chegaram à praia no final do dia, todos exaustos, menos Vicky, que foi "rebocada" durante todo o caminho, tendo como única preocupação suas descobertas submarinas.

No dia seguinte, era véspera de Ano-Novo e Brian *permitiu* que ela ficasse na cama até mais tarde. Saíram de lancha e mergulharam, mas voltaram cedo e ficaram na piscina, à sombra (Brian já havia tomado mais sol do que em toda sua vida), observando Júlia no comando da montagem da ceia na área externa da casa.

Decidiram subir para descansar um pouco, deitaram na cama e não demorou muito para estarem rolando ofegantemente um sobre o outro. Brian, mais uma vez, se afastou e foi para o banheiro.

Vicky ficou deitada e só, pela primeira vez, sentindo-se ilhada naquele lugar.

Ela não suportava mais aquela situação, se sentia tão rejeitada e sozinha toda vez que Brian a deixava que seus olhos se enchiam de lágrimas. Foi tomada pela angústia de tal maneira, que decidiu entrar no banheiro, sem saber exatamente com que intenção, só não podia mais ficar distante dele.

Brian estava deitado na banheira, com os olhos perdidos no bosque, quando ela entrou sem se anunciar. Ele ergueu as sobrancelhas surpreso, mas não disse nada.

Ela se colocou à frente dele com a respiração acelerada e os olhos transbordando de emoção, tirou a parte de cima do biquíni e esperou. Ele manteve os olhos fixos nela e, como não esboçou nenhum movimento, ela se aproximou lentamente, colocou uma perna dentro da banheira e observou, ele permaneceu imóvel, colocou a outra perna e ficou em pé, esperando. Ele lambeu suas pernas, mordeu as nádegas, arrancou a calcinha e a puxou contra seu corpo com voracidade. O corpo dela se contorceu de prazer. Ele beijou sua boca, mordeu o pescoço enquanto apertava-lhe os seios. Depois se afastou, transtornado, só para se voltar para ela novamente e tocar-lhe os seios mais uma vez, desta vez com a ponta dos dedos enquanto a admirava.

— Você é *tão* linda! — ele sussurrava, torturado pela dúvida.

— Por favor... — ela pediu, com o corpo tremendo de emoção.

— Eu não posso, baby, simplesmente não posso — ele disse, abraçando-a e depois saindo da banheira —, eu sinto muito.

Ele ficou em pé, de costas para ela, sem querer ir e sem poder ficar. Ela cobriu os olhos com as mãos e chorou.

— Não faça isso comigo, Vicky, não me pressione assim. Você tem alguma ideia do esforço sobre-humano que faço para não tocar você?

Ela continuou a chorar e ele pegou um roupão que estava pendurado na porta e a vestiu.

— Venha — ele chamou —, saia daí e vista isto. Vou esvaziar essa banheira, provavelmente contaminei a água. Você não devia ter entrado, Vicky! Meu Deus, eu não posso ter que cuidar de você sozinho! Me ajude, ok? Vou tomar banho no outro banheiro. Tome uma ducha.

Ela permaneceu inerte.

— Vicky? — ele chamou. — Por favor, não faça isso comigo, não me pressione mais.

— Eu não quero pressionar você, mas até quando vamos viver nos torturando assim? Tem preservativo no armário do banheiro. A gente pode fazer isso, baby, você *sabe* que a gente pode — ela respondeu, fechando o roupão.

— Não, eu não sei. O que eu sei é que quando começar a amar você não vou querer parar mais, não vou *conseguir* parar mais. Vou amar você de tantas maneiras e repetidamente que, mesmo se estivermos usando preservativo, vamos trocar secreções entre uma camisinha e outra. Eu não posso tocar você com tanto medo, apavorado por achar que, ao mudar o preservativo, um pouco de secreção pode ficar na minha mão e eu contaminar você ao tocar alguma mucosa sua. Eu *não posso*, Vicky! Eu vou enlouquecer... Vou passar o resto da vida exigindo que você faça testes para HIV, querendo morrer toda vez que você espirrar, apavorado pensando que contaminei você. Eu quero tocar você livre disso! Eu quero me lambuzar de você, quero me *misturar* com você! Eu quero fazer um filho em você, eu quero dar um filho meu a você! Eu quero amar você até a exaustão e depois recomeçar. É assim que eu quero amar, é assim que eu posso amar você, não posso nada menos do que isso. Você não tem a menor ideia do que significa para mim. Você é tudo o que eu tenho, Vicky, tudo. Se algo acontecer com você, não me sobra *nada*!

Ela baixou os olhos, queria argumentar que não precisava daquela relação idealizada, que se contentaria com o que ele pudesse oferecer. Por que Brian tinha que ser tão extremista sempre? Mas o compreendia. Também queria se misturar com ele, ter um filho dele, amá-lo até a exaustão. Os desejos dele eram os dela.

— Desculpa — ela falou —, vá tomar seu banho, eu vou ficar bem.

Ela tomou um longo banho tentando se recompor e depois se arrumou para a festa de Ano-Novo sem pressa. Colocou um vestido branco, curto e esvoaçante, se maquiou e, quando desceu, Brian estava sentado na sala com Miguel.

Ele parecia não ouvir o que Miguel falava, sua cabeça estava longe. Ao ver Vicky na escada, levantou-se para recebê-la.

— Você está linda! — ele falou com melancolia enquanto devorava-a com o olhar.

Ela o abraçou e eles seguiram de mãos dadas para a festa.

A noite estava bonita e a área da piscina tinha sido especialmente decorada com motivos brancos para saudar o ano novo, com tecidos e tochas que seguiam até a praia.

Uma mesa de madeira com bancos compridos foi montada embaixo de uma tenda branca na areia. Outra tenda servia como apoio ao serviço de buffet.

Dois mexicanos tocavam música típica e uma fogueira foi acesa na praia. Lá fizeram o prato principal da ceia: peixe na folha de bananeira.

Miguel e Júlia jantaram com Vicky e Brian e, logo depois do jantar, os músicos e garçons foram dispensados e a festa foi transformada em um sarau íntimo, com os quatro sentados na areia, em volta da fogueira, cantando enquanto Brian tocava violão.

À meia-noite, eles brindaram ao ano novo e se abraçaram. Vicky insistiu para que todos fossem ao mar, pular ondas e fazer pedidos, mas Júlia e Miguel decidiram ir dormir, pois tinham trabalho a fazer no dia seguinte. Vicky arrastou Brian para o mar e, de mãos dadas com ele, pulou as sete ondas, desejando saúde para Brian e um ano novo feliz para eles. Brian desejava apenas tirar o vestido branco dela, que molhado revelava o corpo da mulher que ele chamava de sua, mas que não ousava tocar.

Saíram do mar e foram se aquecer na fogueira, se beijaram e se desejaram feliz ano novo novamente, depois ficaram em silêncio, apreciando a noite, ouvindo o barulho do mar e sentindo que ali, absolutamente sozinhos, tinham tudo o que desejavam; o mundo todo estava compreendido naqueles dois corpos abraçados, iluminados apenas pelo fogo.

Foram dormir abraçados e Vicky logo pegou no sono, mas foi acordada por Brian, que, em um movimento brusco, sentou-se na cama e ligou a luminária de sua mesa lateral.

— O que foi Brian? — ela perguntou ainda meio dormindo.

— Eu não consigo dormir — ele respondeu com a voz áspera.

— Outro pesadelo? — ela perguntou enquanto acendia a luminária do seu lado da cama.

— Tesão.

— O quê?

— Isso! — ele puxou a mão dela e ela constatou uma ereção. — Tem ideia de quantas vezes me masturbei hoje!? Três! Três, Vicky! E não posso dormir de tesão!

Ela suspirou. Não sabia mais como lidar com aquela situação. Levantou-se, foi ao banheiro e voltou com uma cartela de preservativos que entregou nas mãos dele.

– Vamos fazer isso, Brian, você sabe que eu quero *muito*.

– Acho que já falamos sobre isso hoje, não foi!? – ele respondeu com agressividade.

– Tá bom, me desculpe! Mas acho que essa situação está ficando insustentável para *nós dois*. Eu não sei mais o que fazer... me deixe pelo menos masturbar você, você nunca me deixa tocá-lo.

– Você tem ideia do quanto eu me sinto sujo? – ele perguntou, olhando para as próprias mãos com repulsa. – O quanto me sinto *amaldiçoado e sujo*!?

Vicky foi sendo tomada pelo desespero ao ver Brian tão atormentado.

– Não fale assim, Brian – ela pediu. – Não tem nada de sujo, estragado ou amaldiçoado em você, meu amor. O que aconteceu a você foi uma fatalidade, não muda o que você é. Só significa que temos que tomar alguns cuidados, é só isso.

– Eu vou dar uma volta – ele respondeu com o rosto desfigurado.

– Eu vou com você – ela respondeu levantando-se.

– Será que não percebe que eu quero ficar sozinho? – ele gritou e depois abaixou a voz. – Me deixe um pouco, Vicky, eu preciso pensar.

Ela concordou com um gesto e ele saiu do quarto carregando a cartela de preservativos. Vicky o viu, através da janela, seguir para a praia. Acompanhou sua caminhada até o perder de vista e depois se deitou e chorou até pegar no sono.

Não tinha fechado a persiana de blackout e acordou logo que amanheceu. Procurou Brian ao seu lado na cama, mas não o encontrou. Foi até a janela e também não o viu. Se arrumou o mais rápido que conseguiu e seguiu para a praia à procura dele. Ele estava lá, sentado na areia, ainda segurando a cartela de preservativos e com uma garrafa de uísque vazia, jogada ao seu lado.

– Brian! – ela chamou.

– Tire a roupa – ele respondeu –, nós vamos trepar.

– Você está bêbado! – ela disse com indignação. – Você passou a noite toda bebendo!?

– Tire já a porra da sua roupa! – ele gritou. – Você queria trepar, não queria!?

— Não com você bêbado — ela respondeu com repúdio e virou as costas, afastando-se.

Ele correu até ela e rasgou sua saída de praia.

— Eu *mandei* você tirar a roupa, puta!

— Tire as mãos de mim! — ela gritou e lhe deu um tapa no rosto. Ele lhe deu outro, com tanta força que ela caiu na areia.

— Você queria trepar, não queria? Vai ter o que quer agora. Eu vou foder você!

Vicky se levantou chorando, tentou voltar pela trilha que dava acesso à casa, mas ele a alcançou, rasgou seu biquíni e a jogou na areia novamente. Ela tentou se levantar, mas ele a puxou pelo cabelo e a arrastou até o meio da areia.

— Eu quero comer você de quatro, cadela. Fique de quatro, vamos, obedeça — ele ordenou chutando-a no chão.

O corpo dela ficou inerte. Não conseguia lutar contra ele, sentia muita dor e medo, estava decepcionada e humilhada. Ela se encolheu tremendo e chorando, esperando que aquilo acabasse logo.

Ele continuou chutando e ela se encolheu em posição fetal, tentando proteger a cabeça e o rosto. Ele a ergueu pelo cabelo e fez com que ela ficasse de joelhos.

— Como você quer, hein, puta? Vou enfiar na sua boca, primeiro, depois ponho você de quatro. — Ele puxou sua nuca para trás com violência, expondo-lhe a face. Ela chorava. Os olhos dela se cruzaram com os dele, mas tudo o que encontrou foi ódio e, resignada, ela desviou o olhar.

Ele ainda a segurou por uns segundos, depois arremessou-a contra a areia de novo e caiu no chão, sobre os joelhos, vomitando.

Vicky estava apavorada; abraçada ao próprio corpo, tremia, sem coragem de levantar, com medo que ele a machucasse ainda mais. Quando recuperou um pouco das forças, colocou-se de pé com dificuldade e viu Brian caído sobre o próprio vômito, em um estado de semiconsciência, falando coisas incompreensíveis.

Colocou-o de lado para que ele não se sufocasse com o próprio vômito ou com a areia e, chorando, esforçou-se para seguir até casa.

Foi até a cozinha e quando entrou provocou o silêncio de todos os empregados. Júlia correu em sua direção.

— Vicky! Pelo amor de Deus! O que foi que aconteceu com você!?

— O Brian está na praia... chame um médico — foi a última coisa que se esforçou para dizer antes de largar-se ao chão.

A partir daí as lembranças ficaram confusas. Lembrava-se de estar deitada no sofá da sala e de carregarem Brian para outro sofá, de Júlia movimentando-se sem parar e de vozes estranhas e pessoas mexendo em seu corpo. De médicos e uma movimentação frenética de pessoas. Lembrava da imagem do doutor Jones e de responder a perguntas de maneira monossilábica. Estava na sala e de repente no banheiro e depois no quarto, abria os olhos e a janela estava aberta e depois fechada. Não sabia se tinha ou não dormido. Ouviu vozes, alguém chamando seu nome, Brian... fechou os olhos e não ouviu mais. Alguém lhe ministrava comprimidos? Dava-lhe de comer? Ou tinha sonhado? Pensou ter tido um pesadelo, mas acordou com dor no corpo e fechou os olhos para não pensar. Ouviu alguém entrando em seu quarto, reconheceu Júlia e fechou os olhos.

— Vicky? Você está acordada?

Ela abriu os olhos, mas não respondeu. Júlia se sentou no pé da cama.

— Como está se sentindo? Você está dormindo há dois dias. Acho que o doutor Jones exagerou na dose do sedativo. Posso abrir a janela? Você precisa se levantar, comer algo. O que quer que eu traga para você?

Vicky se sentou na cama, semicerrou os olhos para se acostumar com a claridade. Olhou para seu braços e puxou o lençol para descobrir por que tinha tanta dor no corpo. Constatou feridas que aparentemente já haviam sido tratadas nas mãos, cotovelos e joelhos. Tinha hematomas em várias partes do corpo. Olhou para Júlia, interrogando-a, e começou a chorar.

— O doutor Jones examinou você — Júlia explicou. — Graças a Deus, foram só edemas, escoriações e queimaduras leves provocadas pelo atrito na areia. Ele deu um sedativo porque você não parava de tremer e também receitou este anti-inflamatório e esse antibiótico. Também estou lhe aplicando um tratamento tópico uma vez por dia. Eu tremo de pensar que poderia acontecer algo pior... Vicky, eu sinto muito, não devia ter pedido para você vir aquela vez que o Brian estava no hospital. Você não estaria aqui se não fosse por aquilo. Ele não...? Você disse que não e o médico examinou você, mas agora que está menos assustada... ele?

Então ela sabia, Vicky pensou, sabia do fato dele ser soropositivo ou não estaria tão assustada com a possibilidade dele tê-la violentado.

– Não – ela respondeu sem força na voz e sem encará-la.

– Graças a Deus!

– Como... como ele está? – ela perguntou, fechando os olhos, envergonhada.

– Sob o efeito de tranquilizantes. Todos aqueles remédios que ele toma potencializaram o efeito do álcool. Ele teve alucinações, mas foi hidratado, colocaram ele no soro e ele foi voltando. Ele não lembrava muito bem do que tinha acontecido e, quando contei, ele tentou entrar no quarto de qualquer jeito, queria ver você, mas nós não deixamos. Eu disse que ele só vai ver você se você quiser.

Vicky chorou e Júlia a abraçou. A porta do quarto se abriu. Era Brian. Vicky se encolheu na cama e seu corpo começou a tremer, as lágrimas não paravam de escorrer.

Ele não entrou, olhou para ela e desviou o rosto, atormentado pelo que viu.

– Saia, Brian, saia ou vou pedir para o Miguel pôr você para fora! – Júlia ordenou, segurando a mão de Vicky.

– Eu não vou entrar Júlia, eu vim me despedir dela – ele disse sem ter coragem de olhar para Vicky novamente.

Vicky apertou a mão de Júlia e as lágrimas se intensificaram em seu rosto.

– Eu sinto muito, Vicky. Eu não lembro *exatamente* do que aconteceu, mas algumas imagens ficam voltando na minha cabeça... – ele começou. – Eu não acho que deva me desculpar, mas queria que soubesse que eu *realmente* sinto muito.

Ele falava pausadamente, com uma calma quimicamente induzida, mas, mesmo assim, era possível notar a tristeza e a dor em sua voz.

– Sei que vai me deixar agora e acho que está certa. Só queria pedir um favor a você, se é que posso pedir algo ainda. Não quero que viaje sozinha. Eu liguei para a Carol, ela está vindo para cá, sei que vai precisar de uma amiga agora.

A angústia foi crescendo dentro do peito dela. "Não, eu não vou deixar você", ela queria gritar, mas seus lábios não se moviam.

– Fique com a Carol aqui o tempo que precisar. Eu vou embora. – Ele começou a chorar. – Vou deixar a Júlia com você também, sei que assim vai ficar bem cuidada.

Ela olhou para ele pela primeira vez, queria pedir para que ficasse, mas não conseguiu dizer. Ele veria seus olhos tomados por desespero se pudesse olhar para ela.

– Eu não quero que se preocupe comigo – ele continuou, tentando não chorar. – Eu não quero que se preocupe comigo *nunca mais*. Como você pode ver, eu estou bem, vou me manter vivo e não causar mais nenhuma cicatriz a você, todas que causei já são mais do que suficientes. Vou fazer o possível para viver, e viver sem você vai ser meu castigo e minha absolvição. Eu sei que você vai me esquecer. Você é muito nova e com o tempo vai recomeçar a sua vida.

– Não... – foi o que ela conseguiu responder.

– Eu vou ajudar – ele disse –, vou cumprir os contratos e sumir da mídia por um tempo. Dois ou três anos. O tempo suficiente para você me esquecer, para eu poder escrever sobre algo que não seja a gente, *você* – ele tentou continuar mais foi tomado por um acesso de choro, depois respirou fundo e continuou: – Eu amo você, Vicky. Eu vou amar você por toda a vida.

Antes que ela pudesse responder, Brian desceu as escadas. Vicky ficou na cama por alguns segundos, paralisada, depois correu pelas escadas atrás dele.

Viu o jipe se afastando em direção ao heliporto, correu pela trilha chamando seu nome, mas ele não a ouviu. Júlia correu atrás dela, mas não conseguiu alcançá-la. Quando chegou ao heliporto, Brian já estava embarcando.

– Brian! – Vicky gritou.

Ele se voltou para ela, mas não caminhou em sua direção. Ela correu e se jogou em seus braços.

– Não, Brian, por favor, não! – ela implorou.

Ele a abraçou.

Não havia encontro naquele abraço, apenas dor. Era um abraço de despedida.

Ele tentou soltar o corpo dela do dele, mas ela não cedia.

– Não! – ela pedia. – Por favor, não...

Com um gesto, ele pediu para que Miguel a afastasse. Vicky se debateu tentando se soltar de Miguel, gritou por Brian, mas ele entrou no helicóptero sem olhar para trás.

Quando o helicóptero levantou voo, Miguel a soltou e ela caiu no chão, sobre os joelhos. Júlia ajoelhou-se sobre ela, abraçando-a.

Foi a última vez que Vicky viu Brian.

Posfácio

A vida tinha sido generosa com Vicky. Ela tinha tudo o que qualquer pessoa podia sonhar: trabalhava com o que gostava, era casada com o homem que amava e planejavam o primeiro filho. O mundo não podia ser um lugar mais perfeito para se viver.

Sim, era uma pessoa de sorte. Já era casada há tantos anos e ainda suspirava ao pensar em Gustavo. Conheceu-o em uma época em que, se tivesse que apostar, apostaria que jamais se envolveria de novo com qualquer outra pessoa. Sua tentativa de relacionar-se com Rodrigo tinha sido desastrosa.

Quando o conheceu, Vicky tinha decidido que já estava na hora de olhar para alguém outra vez, afinal de contas, ela pensava, três anos era uma eternidade, tinha que começar a tentar reconstruir a vida.

Rodrigo parecia adequado para seu recomeço. Era bonito, atraente, tinha um futuro promissor como médico, era divertido e popular; e, o mais importante, absolutamente apaixonado por ela.

Eles se conheceram em uma festa de uma amiga em comum e Rodrigo não hesitou em demonstrar seu interesse desde o início.

Vicky tinha planejado apenas ficar com Rodrigo. Ficar com alguém depois de três anos já era um recomeço bastante audacioso para ela na época, mas Rodrigo apaixonou-se e insistiu para que namorassem.

Ela recusou: explicou-lhe que não estava pronta para namorar ninguém e que ainda estava afetivamente envolvida com alguém de seu passado, mas Rodrigo insistiu: disse que não se importava, que, com o tempo, a conquistaria.

Vicky decidiu dar uma chance, mais para ela do que para ele, e eles começaram a namorar. Ela até que tentou, esforçou-se por quase um ano, mas não conseguiu se apaixonar por Rodrigo e, depois de algumas idas e vindas, terminou definitivamente com ele, quebrando-lhe o coração. Odiou-se por isso.

Quando, uma semana depois, uma amiga, Vanessa, disse que gostaria de lhe apresentar um primo, ela prontamente se recusou. Jamais amaria outra pessoa, tinha certeza, e não desejava magoar mais ninguém, mas, por uma dessas eventualidades do destino, Vicky encontrou com Vanessa e seu primo, Gustavo, por acaso, e algo aconteceu no exato segundo em que seus olhos cruzaram com os dele: seu coração disparou. Ainda tinha um!? Ela se surpreendeu.

Vicky não podia tirar os olhos de Gustavo. Como ele era lindo e tinha os olhos doces! Não, não havia dor naquele olhar, não era um amor que doía em seu peito, não era alguém que ela precisasse salvar. Era alguém para resgatá-la do deserto em que seu coração havia se transformado.

Ele era advogado, tinha uma formação tradicional, mas um espírito livre. Eles se reconheceram no momento em que se viram, sabiam que era amor e sabiam que era para sempre.

Namoraram sem pressa, com a tranquilidade de quem sabe que tem a vida toda para compartilhar. Divertiam-se muito juntos; passavam horas conversando, passeavam, viajavam pelo mundo, praticavam esportes radicais e, depois de um namoro longo e apaixonado, noivaram e casaram-se em uma linda cerimônia religiosa.

Gustavo era seu amor, sua paixão, seu porto seguro, o melhor amigo e amante que podia sonhar em ter.

A vida era generosa. Generosa e irônica. Era irônico que justo Gustavo viesse lhe trazer notícias de Brian depois de tantos anos.

Gustavo, como todos de sua geração, tinha sido fã do Fears e, em uma das vezes em que conversavam sobre música, Vicky lhe disse que o Fears tinha sido a banda preferida de sua adolescência.

Gustavo, doce como sempre, presenteou-a com um CD do Fears, que comprou no dia do seu lançamento.

Vicky nem saberia daquele CD se não fosse por ele. Tinha se afastado de tudo o que pudesse lembrar Brian: nunca mais ouviu rock, não lia jornais e nem revistas semanais, não via tevê e só ouvia rádio especializado em MPB. Lia apenas seus livros técnicos e romances; era uma expert em filosofia e literatura, em MPB, teatro, cinema e balé.

Gustavo a atualizava sobre o que acontecia no resto do mundo e não foi diferente com o novo e tão aguardado CD do Fears.

Lá estava Vicky, sozinha em casa, com o CD na mão.

Há quanto tempo não tinha notícias de Brian? Mais de quinze anos! Ela surpreendeu-se a constatar. Era incrível, jamais achou que poderia, mas o tinha esquecido completamente. Ou quase. Às vezes sonhava com Brian, era verdade. Era raro, mas sonhava e, quando isso acontecia, acordava no meio da noite, triste e nostálgica, com saudade de uma vida que não viveu. Mas era só olhar para Gustavo dormindo ao seu lado que tudo passava. Era natural amar Gustavo, era como respirar.

Vicky abriu o CD com cuidado, com uma quase reverência, achou-o bonito. Percebeu que ainda tinha respeito pelo trabalho de Brian, que ainda o admirava.

Folheou o encarte do CD lentamente. Havia uma única foto de Brian, e ele estava lindo! Parecia ainda ter trinta anos. Ela largou o CD e foi se olhar no espelho. Agradeceu a Deus por ser tão mais nova do que ele, não estaria em tão boa forma se tivessem a mesma idade. Depois riu dela mesma. "Que importância isso tinha agora?", perguntou-se, divertindo-se com sua reação inusitada.

— Muito bem, senhor Brian Blue – ela disse enquanto punha o CD no aparelho de som –, vamos ver por onde o senhor andou todos esses anos. – Ela ligou o aparelho sabendo que a melhor maneira de ter notícias de Brian era através de seu trabalho. Ele era sempre sincero demais.

Ela riu ao ouvir a primeira música. O mesmo Brian, gritando com aquela mesma voz que ela tanto detestou na primeira vez que ouviu e que depois passou a amar. Amar... amar Brian. Seu coração disparou e ela segurou o peito como se assim pudesse fazê-lo parar.

Há quantos anos não pensava em Brian como objeto de seu amor? Quase vinte! "Só pode ser reflexo condicionado", pensou, "não há outra razão para meu coração bater assim."

Gustavo. Esse era o objeto de seu amor. Ela sorriu ao pensar nele.

Ficou tão distraída com seus devaneios que perdeu a segunda música, a terceira já havia começado, quando, de repente, ouviu um verso, uma estrofe, um refrão, uma expressão que já tinha ouvido antes e então não ouviu mais nada. Foi tomada por uma angústia indescritível, suas mãos tremiam, a cabeça girava.

Pegou o encarte do CD novamente, tentou ler a letra daquela música e das seguintes. Frases soltas e desconexas eram tudo o que podia apreender. Depois, nem isso.

Era como se nunca tivesse aprendido inglês na vida. Era verdade que já não praticava a língua havia alguns anos, mas era mais do que isso, era como se as palavras fossem um amontoado de letras sem simbologia correspondente, ou estivessem escritas em alguma língua morta.

Correu para a internet. Buscou as letras traduzidas, mas também não podia lê-las em português! Por mais que lesse e relesse todas as letras das músicas, não podia associar significado às sentenças, era como se sofresse de dislexia.

Levou as mãos à cabeça e depois aos olhos, esfregando-os, tentando clarear o pensamento e a visão. A angústia crescia em seu peito. Suspirou, tomou coragem e digitou Brian Blue no site de busca.

Queria saber se ele era casado, se tinha filhos.

Nada, quase nenhuma notícia a respeito da vida pessoal de Brian. Todas as reportagens eram unânimes; sua última namorada tinha sido Tiffany e o relacionamento deles tinha terminado junto com o fim da turnê do Fears, há pelo menos quinze anos. Após essa turnê e o fim desse relacionamento, Brian nunca mais havia sido visto publicamente. Trancado em casa, era o que diziam, trancado em sua própria casa por mais de quinze anos!

E *naquela* casa! Ela logo reconheceu. A casa que representava todos os sonhos que ele jamais realizaria.

"Por toda a minha vida", ele havia dito. "Eu vou amar você por toda a vida", ele continuava a dizer dentro da cabeça dela, torturando-a.

"Vou cumprir os contratos e sumir da mídia por um tempo", ele dizia em sua lembrança, tão repentinamente viva, "uns dois ou três anos, o tempo suficiente para você me esquecer, para eu escrever sobre algo que não seja a gente, você." As palavras se repetiam vírgula por vírgula dentro dela. "Dois anos", ele disse. Quase vinte haviam se passado.

Vicky desligou o computador, pegou o telefone. Queria falar com alguém. Mas quem? Tinha se afastado de todos que um dia souberam de Brian, ou de Billy. Não, não havia a menor possibilidade de partilhar sua dor.

Ligou o som para ouvir o CD novamente. Agora podia entendê-lo perfeitamente, com uma nitidez enlouquecedora.

Brian gritava angustiado, encurralado e torturado por um amor que ele devia esquecer, mas que, apesar do tempo, da distância e de todas as suas buscas, insistia em viver em seu coração e, de alguma forma, ele sabia, também no dela.

Estava aberta a caixa de Pandora. Como ele podia saber? Como, apesar de tantos anos sem vê-lo, sem sequer ter notícias dele, ele ainda a conhecia melhor do que Gustavo a conhecia? Melhor do que ela mesma se conhecia?

Vicky teve medo de enlouquecer. Era enlouquecedor e improvável que ela sofresse tanto por uma relação que durou apenas um ano, que acabou há quase vinte anos. Improvável como só a vida pode ser.

Foi tomada por uma angústia tão grande que sentiu que qualquer referência ao que ela podia chamar de ela, seu ego, sua mente, seu corpo, sua alma, estava tudo se fragmentando, despedaçando-se sem que ela pudesse fazer nada.

Era o dia mais triste da sua vida e ela não podia chorar. Talvez porque, se chorasse, só seus fragmentos escorreriam pelos seus olhos, rasgando-os.

Estava enlouquecendo e não tinha a menor possibilidade de recuperar o controle. Seu corpo tremia, ela suava e queria gritar. Pela primeira vez na vida, quis tomar alguma coisa, qualquer coisa que fizesse aquela dor passar.

Tinha passado tantos anos recolhendo seus restos, tentando juntá-los, colando-os minuciosamente e, em um segundo, estava completamente espalhada pelo chão, em diminutos pedaços, novamente.

Por quê!? Por que tudo o que construiu perdia a cor e o significado frente a um punhado de frases!? Por que Brian gastou tanto tempo e dinheiro para fazer um álbum como aquele e dizer todas aquelas coisas em suas canções sem nunca ter tido coragem de lhe dar um telefonema, de lhe mandar um e-mail!? Por que, durante quase três anos, negou seu nome e todas as tentativas que ela tinha feito de falar com ele? E por que ele continuava a sofrer *tanto*? E por que o sofrimento dele ainda era o pior pesadelo para ela!?

Vicky quis falar com Brian, mas tanto tempo tinha se passado, não tinha a menor ideia de como encontrá-lo.

Pensou que, talvez, se pudessem se ver de novo, desmistificariam aquela relação que ficou idealizada, se libertariam para que vivessem em paz.

Queria dizer que o perdoava, que já o tinha perdoado aquele dia, naquela ilha. Que ele não deveria mais se torturar assim, que o sofrimento dele era o dela, que queria que ele encontrasse outra pessoa – morreria de ciúme, mas o queria feliz –, que gostaria que pudessem ser amigos.

Mas a quem ela queria enganar? Não queria mais se enganar, havia se enganado por mais de uma década. Jamais seria amiga de Brian. Seu corpo todo ainda tremia à simples evocação de sua memória.

Não, não seriam amigos, e Brian tinha razão, não havia mais nada que pudessem dizer ou fazer. Estavam condenados àquele amor.

O tempo não foi bom para eles, eles não se esqueceram. E dessa vez era pior do que tinha sido tantos anos atrás: nunca mais seriam jovens novamente. E não tinham uma vida inteira pela frente. A vida era efêmera, a morte, uma realidade. Morreriam sem se ver novamente, sem se despedir.

O tempo apenas os distanciou; Vicky havia construído uma vida com Gustavo, era apaixonada por ele, mais do que isso, amava-o. Não havia nada que pudesse fazer agora. Amava Gustavo. E amava Brian.

Como pôde ser tão arrogante a ponto de querer excluir Brian de sua vida? Se ele estava presente em muito do que ela era, em tudo o que evitava ser para não lembrar.

Brian não trabalhou na divulgação do novo álbum. Voltou a trancar-se em casa após seu lançamento. Os fãs e a imprensa não puderam entender a razão.

Ela sabia. Como ele podia trabalhar em um álbum como aquele? Ela mesma mal podia ouvi-lo. Era como tomar arsênico em pequenas doses. Matava-a aos poucos.

Vicky passou muitos dias sem comer, muitos meses sem dormir e, depois, fez o que fazem as pessoas quando não há mais nada a ser feito: seguiu em frente e sobreviveu.

Mas nunca mais seria arrogante como foi. Nunca mais negaria a importância de Brian em sua vida. A falta dele seria, para sempre, imensamente sentida.

Ela agora sabia que, toda vez que fechasse os olhos, encontraria Brian, sentado ao piano, tocando e cantando as canções que não se calavam em seus corações.

fim

STAMPPA
GRUPO GRÁFICO